水鬼

說妖

橋墩下的紅眼睛

天野翔——著

目次

一

民國七十四年夏天的金門，作為反共的前線，仍瀰漫著戰地特有的肅殺。

那天，正如同氣象報導所說，漫天的烏雲逼近灘頭、越過哨口，島嶼全被沉重的低氣壓籠罩。暴雨來得又快又急。

米粒大的雨珠，落在金門的海岸上，在漆黑的夜裡激起凶猛的浪花，小艇在港內載浮載沉。強風吹過海邊營房的通風處，沿著長廊狂奔，發出挑釁的咻咻聲。

外頭的大雨打在屋頂上頭，交疊的雨聲彷彿迴盪在他界。儘管雨水沒有濺進多少，但濕氣全積在營房裡，牆面就要透出水來。

滴答，水珠就這麼落到廖進良的眉上，沿著他臉頰的弧線滑下，在黝黑的皮膚上留下一道水痕。待水珠重新在下巴匯集，那股異樣的觸感已經無法忽略，他才用長滿厚繭的手抹去。

對於快要退伍的廖進良來說，營房的漏水與各種狗屁倒灶的鳥事，已經見怪不怪。年久失修，加上缺乏預算，無論再怎麼反應也只得到共體時艱的回應。

焦躁隨著血液在體內流竄，讓人發癢，但廖進良已經學會無視。

他試著想像三週後回到臺灣，女友怡萱在車站等他的光景。

不，他知道那早已無法實現。

廖進良能做的僅有盯著天花板的燈光，找尋躲藏在壁癌牆面的那雙紅眼。

懸掛在天花板的白熾燈泡閃爍，發出滋滋的聲響——

「你們知道嗎，昨天阿興那連好像有人被水鬼摸掉。」

坐在廖進良對面床鋪的林威豪說。

他的身材高大、壯碩，一雙濃眉大眼，渾身散發陽剛的氣息。

林威豪家是在彰化經營電鍍廠的，從小到大出國的次數，用一雙手腳也數不完，對連飛機都不一定有看過的農村子弟來說，可說是見多識廣。同寢的人最喜歡聽林威豪說些國外的奇聞軼事，或是他不知道從哪聽來的鬼故事。

所以當林威豪低沉的嗓音跳出喉間，同寢的目光就全集中在他身上。不用多說，大家都聚了過來，以林威豪為中心圍成了個圈。就連綽號「天兵」的那人，也被拉到一旁。

天兵與林威豪不同，不僅相貌沒有特色，全身上下還散發出陰柔的氛圍。然而這並不代表順從。廖進良在他漫不經心的眼裡，看到的是我行我素。

儘管廖進良能夠理解天兵表現出的扞格不入，可能源自於他受的美式教育，但廖進良肯定這不全然是他惹人怨的原因。要不是林威豪出手罩著，這天兵肯定會躺著提前退伍。

他不否認林威豪的舉止帶有點幸福者特有的天真、自我滿足，會對不受群體接受的人伸出援手。他也感受到林威豪在和自己與天兵相處時，流露出一股自信——像深潭裡的一條魚，藏得很好，只有在牠從腳邊輕輕滑過，才能感到牠的存在。

廖進良並不討厭這種好意。

只見林威豪壓低聲音地說。

「憲兵整天在他們連上進進出出。」林威豪用手在脖子抹了一下，「聽說是一刀斃命，和之前小金門發生的一樣……」

「曾經，在小金門有一個無頭連，整連的人被摸上岸的共匪水鬼殺害。聽說整間寢室被浸在暗紅色的血泊中，順著血液滴落處看去，會發現床上躺著一具具的屍體，彷彿和睡著時一樣。但再靠近一點，每具屍體的喉嚨都被劃開，左側臉上血淋淋的，什麼也沒有。」

「我跟你們說，無論是國軍的蛙人還是共匪的水鬼在結訓時，都要求到對岸拿一件東西回來——耳朵。耳朵重量輕，又能代表殺了人，是最好的『伴手禮』。兩岸就這麼禮尚往來。」

林威豪總是知道哪裡該停頓，哪裡又該做出手勢，每個動作無不挑動觀眾的好奇心。

「你會不會被騙了，共產黨的蛙人哪可能這麼厲害？」

林威豪講得正精采，天兵竟出聲打斷。他才一開口，四周便響起了噓聲。但天兵也不愧是天兵，一雙眼直盯著林威豪，一點也不對擾亂大夥的興致感到抱歉。

「如果真的這麼嚴重，為什麼新聞沒報？」天兵說。

「幹，這種事情怎麼會報。」「你是要讓長官幹不下去喔！」

儘管與對岸的局勢因為與美國斷交、退出聯合國再度變得緊張，但水鬼的事蹟早已是多年前的傳聞，大夥也不是真的相信，更多是對於天兵的行為不滿。

其他人一邊罵著，一邊又打又推。儘管只是打鬧，但不滿的宣洩仍像是外頭的風浪一波接著一波，而天兵就是海面上載浮載沉的溺水者。一股噁心感湧上廖進良的喉間。

「這傢伙不信的話，就讓他去阿興那邊看看如何？」

外頭還持續下著大雨。突然間，轟隆巨響，落雷打在不遠處，閃光照得天兵一臉慘白。四周的手全伸了過來，架住天兵的手腳。

門外的那片雨霧，漆黑得要將一切給吞沒，但折射著營房燈火的閃光，又讓人有什麼東西藏在裡頭的錯覺。說起來，人的腦袋就是這麼神奇，只要給了個起頭，就會自行建構出完整的恐懼——那片雨裡就好像躲著一個又一個的水鬼，他們手中的短刀閃爍，護目鏡下的雙眼露出赤色的凶光。

在那群水鬼裡，還站著一名個頭嬌小的身影。

他既沒有穿著迷彩服，也沒有帶著護目鏡，只是赤裸上身，用一雙赤紅的眼直視廖進良。廖進良與他對上眼。儘管廖進良眼皮連眨也沒眨一下，但生理反應卻是藏不住的，他的心跳變快幾拍，喉嚨乾得發燙。

天兵的手腳倒是揮得更大。

但在四周的嘻笑聲裡，天兵的反抗仍是徒勞。他的身體一步步地逼近外頭，濺起的雨水也已經打在他的臉上。

廖進良什麼話也說不出來，只能任由局勢發展——

「阿良，你不是有陰陽眼嗎？」

就在眾人準備把天兵給推出營房時，林威豪突然迸出一句。

「水鬼你見過沒？」

廖進良頓時回過神來。他眨了眨眼，隨即意會到林威豪的意圖。林威豪不過說了一句話，就讓所有人的視線轉向他身上。而天兵也從人群中掙脫，大口地喘著氣。

「那是共匪，又不是鬼。」

廖進良裝作沒看見外頭奇怪的身影，那是他自己才看得到的存在。

他知道那身影不會主動靠近，只會遠遠地盯著。

「如果我真的看到，早就成了鬼，怎麼還能聽你在這邊黑白說。」

「嘖，你這樣很無趣耶。」林威豪說。

「好啦、好啦，共匪的水鬼我是沒看過。」廖進良說：「但臺灣的水鬼我倒是知道一些。」

講到一半，廖進良卻停了下來。而這可激起了人們獵奇的心，紛紛慫恿他繼續說下去。林威豪見狀，便從自己的口袋裡掏出根菸，遞了過去。

廖進良接了過去，熟練地塞到嘴裡。

「謝啦，就看在這菸的分上。」

遞過來的菸有些受潮，菸頭也在晃動，打火機喀嚓數次，才點上了火。

「我小時候見過水鬼一次。」

廖進良吸了一口，吐出薄煙。

在尼古丁的作用下，躁動的情緒終於獲得舒緩。

每當他抽起菸，廖進良覺得自菸頭裊裊升起的灰煙，像是從他靈魂抽出的絲線。唯有在這時候，那些被刻意遺忘的記憶才得以攤在光線下，重新回顧。

「水鬼，大家都聽到過吧？老一輩的人總認為，人只要溺死在水裡，就會無法超生，變成水鬼。祂們會徘徊在遇難的水域，等待有人經過，將他給拖入水中，好代替自己受苦。」

「有趣的是，有人覺得水鬼只是怨靈，沒有明確的身形，但也有人說水鬼長得矮矮小小，皮膚比我還黑。祂的手腳長著和青蛙一樣的蹼，一雙紅色的眼睛在水面下窺視。祂們雖然和魔神仔一樣神出鬼沒，但卻更加地危險、致命。」

「小時候，我常和住老家附近的孩子們在稻田旁的小溪玩水。大熱天裡，我們整個人會泡進水裡，蓋過肩膀，在裡頭抓魚捕蝦，一玩就是整個下午。」

那時最常和廖進良玩的是同班的阿堯。

說起阿堯，他是當地大家族的長孫，受到長輩的呵護，無論是雜誌，或是當時鄉下還不怎麼流行的錄音帶，只要阿堯開口都能得到。或許是出自於這種餘裕，阿堯也不吝於分享，就連最畏縮、最不起眼的廖進良也能捧著外國的雜誌看上幾眼。

也因為如此，阿堯就像是個孩子王，無論他要去哪、要玩什麼，廖進良總是跟在後頭。

「阿堯長得比同年紀的孩子來得高，那些我得踮著腳才不至於吸不到氣的水深，也不過到他的肩膀再下面一點的位置。除此之外，阿堯光是用腳掌輕觸，就能知道底下的石塊是否牢固，相比其他人的跌跌撞撞，可說是來去自如。」

「每次的閉氣、深潛、浮出，阿堯的手裡就會多出幾隻小魚、小蝦。陽光下，他缺齒的笑容格外耀眼。他是被水所眷顧的人。如果沒有意外，他肯定是會被分到兩棲偵收大隊，當我們國軍這的水鬼。」

廖進良喜歡阿堯嬉戲時的笑容，帶著自信，彷彿天塌下來都會罩你。實際上也真是如此。

廖進良還記得以前天氣熱，一夥人在柑仔店眼巴巴地盯著冰箱裡的汽水，口袋裡也沒幾塊銅板。也不知是誰先動的手，拿了一瓶飲料就跑，幾人在外頭輪流地往嘴裡倒。

想當然地，後來被柑仔店的阿婆給逮個正著。那時阿堯眉頭皺也沒皺，一肩扛下。阿堯在被父親捏著耳朵拖回家裡時，他仍帶著笑容。在他的笑容上，廖進良看到某種信任，不會因為任何事而被破壞——儘管廖進良明白，這不過是他的自作多情。

廖進良盡可能說得自然，但撲克臉下的情緒已經不容許他繼續說下去，只能停頓一會。

然而，就在童年的尾聲，廖進良與阿堯的關係徹底改變——

那天無風，濕熱的空氣黏稠得彷彿停滯，溪水清澈但卻看不見底，整條溪在陽光下璀璨得像是從世界切片下來，放在展示櫃裡的精緻工藝。然而，廖進良沒意識到此刻的反常。

廖進良有時會想，如果當時發現，事情是否就會不同？廖進良的眼瞇成一條線，菸頭的灰燼在深吸中落下。

樹影搖晃，廖進良與水面下一雙紅色的眼對上。怨恨、痛苦、瘋狂從視神經奔竄全身，凝結的空氣卡肺裡發不出聲音。一隻長蹼的手，蒼白、粗壯，朝廖進良伸了過來。

他嚇得倒退一步。

廖進良沒有警告，更沒有拉著阿堯，只是轉身就跑。

在他的眼角餘光間，阿堯朝著他揮手，笑容燦爛——同時，陰暗處裡，一個矮胖的人影游向阿堯。廖進良忍不住回頭。

「在我十歲那年，我親眼見到阿堯被一隻手給拖下水裡……」

阿堯被硬生生地拖入水中，在口鼻沒入水面前，發出一聲慘叫。

廖進良沒有停下，也沒有回去幫忙，只是繼續跑著。

光是想起當時的場景，自我厭惡伴隨的惡心感便湧上喉間。

廖進良知道，自己不只是親眼看見，更是眼睜睜地看著阿堯死去。

愧疚感如同菸頭上的火，一點點地燃盡他內心的平靜。思緒開始變得凌亂，雙手再度顫動，非得要在手腕施加力道才能勉強壓下。

沒錯，是他害死阿堯的。

二

儘管四周的嘻笑聲漸漸淡去、營區的燈也已經熄滅，廖進良躺在床上，卻怎麼也睡不著。

悔恨、愧疚像是一隻隻的手，將他拖入回憶，不停重演當時的場景。記憶中的廖進良一直跑著。他逃離了水鬼、跑離了小溪，穿過石橋，直直地往村裡跑去。等廖進良找來大人時，阿堯的頭浸在水裡，擱淺在橋墩下的碎石灘。

阿堯的身體被大人撈起、翻過身。他蒼白的臉色中帶著青紫，一雙眼睜得大大的。布滿血絲的眼睛在陽光的反射下，染成一片鮮紅。

廖進良直視阿堯放大的瞳孔，彷彿就要墜入赤紅的深淵。

當他回過神，廖進良已經被帶進村裡的派出所。

派出所不大，全擠滿了阿堯的親戚，幾乎村子一半的家庭都派人來。一群人就這麼圍著他，逼問著前因後果。

「我、我看見有一隻手把阿堯拖下水。」廖進良結巴地什麼話也講不清楚，只能擠出這句話。

派出所一角的綠色大同電扇轉呀轉，卻無法吹走室內躁熱的情緒。

啪，阿堯的父親衝上前，給了廖進良一巴掌。

「恁這個夭壽囝仔，在這黑白亂講！」阿堯的父親大吼，「我就只有一個兒子，被你害死了！」

在旁人的眼裡，廖進良就像是個板著臉，打死不肯認錯的頑童。阿堯親戚的怒火又燒得更旺，竟紛紛對不過十歲的孩子辱罵。

然而，廖進良根本還沒回神，就連被這一巴掌打到，也忘記哭泣。

「誠歹勢、誠歹勢啦……」

廖進良身旁的父親只能壓著他的頭，拚命地賠不是，把一生累積的尊嚴都賠給對方。說有多卑微就有多卑微。

最後在派出所所長喝令眾人不要妨礙警方偵辦，阿堯的親戚這才漸漸散去，筆錄才得以完成。當廖進良與父親離開派出所，外頭的天空已是一片赤橙。

廖進良的父親嘆了一口氣，長著厚繭的手把廖進良的小手給握得緊緊的。兩人什麼也沒有說，只是在回家的路上拉出一條長長的影子。

「阿良呀，我沒有不相信恁。」

走到一半，廖進良的父親突然說。

「恁阿母就遇過水鬼。你還沒出生前，恁阿母就曾被找上。她呀，睡到一半就會起來，往溪裡去。我找個繩子綁住，也阻止不了，只好跑去找恁莊伯伯，請王爺幫忙。」

廖進良眨了眨眼，沒有說話。

莊伯是廖進良父親的拜把兄弟，是王爺的乩身，專替鄉里解決不可解的事情。

廖進良的父親一邊走，一邊說起當時的狀況。

「那天飄著雨，我扶著恁阿母跪在路中央，兩雙眼只敢盯著地上，怕對王爺不敬。我們當時的心情可緊張了，什麼也看不到，也不知道恁莊伯伯什麼時候過來，一顆心撲通撲通地跳得好快。」

「就在這時候，地面開始震動。當鑼鼓、吆喝聲越來越大，我抬起頭，就發現王爺的隊伍緩緩地從薄霧走出。」

「我跟你說，神轎就這麼停在我們的前面，無論轎夫怎麼扛，神轎也只是在原地打轉。突然間，恁站在一旁的莊伯伯突然起駕。」

他父親自顧自地說。

「恁莊伯伯拿起法器，在我們身邊揮動，開始大罵。恁嘛知影，伊平時客客氣氣，也不和人起爭執，那天簡直變了一個人，像是在和什麼人叫陣。伊呀，大概揮了幾分鐘，開始跑了起來，衝到溪邊。神轎就這麼跟著莊伯，一路走到溪裡，來來回回地走了兩遍。」

此時，他們正好走到出事的那條溪前。

只見他的父親突然蹲低身子，一隻手摸了摸廖進良的頭。

「佮免驚。」廖進良的父親難得溫柔，「剛才也請道士來看過，沒事的。」

廖進良點了點頭，但臉上的陰沉卻沒有一絲消散。

他也不清楚自己是否害怕水鬼，還是恐懼自己害死阿堯的事實，死亡對於年幼的廖進良來說過於沉重。但在他的內心裡多少還是希望水鬼能像父親說的，被道士給驅離。

只要水鬼不見，那麼這些恐怖的事情就能劃下句點吧？

在父親的牽引下，廖進良還是走向那道窄石橋。

當通過橋中央時，廖進良忍不住地往白鱗般的波紋下望去——水面下沒有水鬼，也沒有那雙紅色的眼睛，彷彿今天發生的一切只不過是自己的錯覺。

廖進良鬆了一口氣。

就像父親說的，水鬼被道士給趕走了，廖進良心想。

然而，就在他轉頭的瞬間，一道紅色的軌跡從他的眼角竄過。

廖進良的身體無法動彈。

那不是錯覺，而且閃過的身影比之前要來得細長。

回到家，廖進良不明原因地高燒。

睡睡醒醒間，廖進良全身冒汗，內衣吸著汗，全身彷彿浸在水裡，一股惡臭在鼻腔內盤旋不去。

水聲潺潺。

儘管廖進良睜不開眼，但他知道阿堯就站在他的床邊。他的聲音帶著怨懟。

為什麼不救我？

廖進良想要開口，但喉嚨卻乾得發疼。然而他是真的不能開口，又或者只是無法辯駁。

「不是，我是去找大人幫忙……」

騙人。

水聲潺潺，屋裡屋外下著鮮紅的雨。轉眼間，血水浸到屋內，淹過矮凳。廖進良朝床外探頭，在一片深紅裡，他看見阿堯的身影。倒影裡的阿堯如同生前，沒有腐爛，臉部也沒有因為痛苦而扭曲。

然而，阿堯的臉上卻沒有笑容。

剎那間，阿堯的倒影伸出手，手穿過水面，抓住廖進良的肩膀。他的力道之大，廖進良還眨眼間就被拽進水裡。液體灌進嘴中，一股惡心感堵在喉間，喉嚨彷彿被火焰灼燒。

廖進良的心裡也有什麼東西斷了。

他掙扎地離開水面，在他的面前，阿堯不再是那個帥氣的孩子王，現在的他只是一具浮腫的屍體。

廖進良的後腦勺被阿堯押住，再次被壓入水中。

為什麼不是你去死——

「阿良！」

老父親的聲音驚醒了半夢半醒的廖進良，當他回過神時，發現自己蹲坐在河邊，頭已經埋入水中半截，準備將自己給溺死。

那時的他全身發抖。那並非出於恐懼，而是積在胸口的憤怒。

幾天後，等到廖進良的病情好轉，父親便帶著他到當地的王爺廟。說到王爺，他那一生在田地耕作的老農夫父親，可說是有著堅定的信仰，每到王爺生日肯定是帶著自家種的米與玉珍齋的鳳眼糕，千里迢迢地跑去祝壽。

廖進良的父親在見到兒子被水鬼纏住，和妻子當年如出一轍，特地帶他去找莊伯。

莊伯和廖進良一樣，能看得見陰陽兩界的事物。只不過莊伯年輕時嚮往著外頭的花花世界，一直抗拒著天命，直到自己重病才改變想法。那時他染上的傳染病，高燒了好幾天，體溫始終沒有降下的跡象，就連醫生也束手無策。

不想死，莊伯在彌留之際一直想著，只要讓他活下去，他願意接下王爺乩身的工作——王爺的靈驗也在這裡顯現。莊伯隔天的燒就退了，就連原本不會的儀式、替王爺辦事的技法竟突然地會了。莊伯從那天起，就開始在王爺旁做事，替鄉里百姓解決問題，一做就做了三十年，什麼事情都見過了。

「為什麼不問問看王爺，看祂要不要收進良當乾兒子。」

在莊伯見證下，廖進良的父親拉著他到神像面前擲筊。啪、啪、啪，一連擲出三個聖筊，一旁香客見了興奮紛紛鼓譟，說是擲多少聖筊就要請多少菸。他父親臉皮薄，也只能硬著頭皮繼續擲下去，啪，又是聖筊。就連外頭賣涼水的老伯也來湊熱鬧。

擲到第八個聖筊，或許是王爺累了，又或者是憐憫廖家的荷包，這才意思意思地給出了笑筊。

然而，相較於周遭歡愉的氣氛，廖進良始終板著臉。線香燃起的灰煙冉冉升起，在大殿頂端盤旋，王爺黑面下的那雙眼直視廖進良，彷彿將他看穿。

廖進良心裡感到愧疚，就算不是他直接害死阿堯，至少也是見死不救。但是阿堯的索命，難道就不是一種威脅？兩股情緒纏繞在一起，成了一個打不開的結。

他甚至想著如果王爺能收服阿堯，那一切該有多好。

而王爺也確實看穿他的心思，就在廖進良的父親忙著滿足圍觀的群眾時，莊伯把廖進良拉到一旁。

「進良，王爺會保護你的。」莊伯摸了摸他的頭，「但絕對不要害怕那些水鬼，也不要怨恨他們。」

「但……水鬼害死了阿堯。」

而阿堯也要殺了自己，廖進良心想。

「我知道。」莊伯說：「但就像我們有法律、有規矩，妖怪們也有自己的規則。水鬼就是得找個替死鬼才能投胎。」

廖進良咬著下唇，沒多吭一聲。

他不明白，神明不是保護好人嗎，為什麼不能把水鬼給消滅？

為什麼只要說這是規定，這個不能做，就要無條件接受？

難道只是因為自己逃過一劫，就得遭受這樣的對待？

「你現在還不明白沒關係。」莊伯蹲下來，兩隻手放在廖進良的肩膀上，「但進良你必須記得，人心也會造就妖怪。人的想法會影響著陽間的運行。」

「如果有人聽信謠言，在腦中不停地想，謠言裡的怪物就會從人的心中誕生，化成實體。」莊伯說：「這對我們這些可以看到妖怪的人來說，更難控制。因為有時候我們不能分辨祂們是不是存在。」

「所以你不要害怕，越是害怕，祂就會變得越可怕。」莊伯說：「進良，你要學會面對祂。」

廖進良點了點頭。

然而，他年幼執拗的心卻沒被莊伯的話改變，他決定以他的方式和水鬼對抗。

儘管被王爺收為乾兒子並不會獲得莊伯般的法力，能夠鎮退水鬼，但廖進良終於有人能夠請教。他常常跟父親到王爺廟，一見到莊伯，便問起有關水鬼的問題。

「進良，水鬼不只會把人拖進水裡，祂們有時候還會變成老人的樣子，請路過的人帶祂過河。」有次莊伯這麼說：「當走到河中央，祂就會把幫他的人給壓入水裡溺死。」

廖進良這才明白，水鬼並不是那麼好對抗的存在。

也因為如此，年幼的廖進良會在假日掛著央求父親買來的塑膠哨子，舉著自己作的木牌，像個警察似地，在小溪最適合玩水的地方來回巡邏。只要見到阿堯離玩水的孩子們近一些，廖進良就會深吸一口氣——

「嗶、嗶！」

哨子的聲音又尖又響，玩水的人全都被這聲響給嚇到，呆愣在原地，就連阿堯也不例外。那一雙紅眼在水面下徘徊幾圈，見到有人警戒，便悻悻然地離開。

只要沒有人玩水，那麼阿堯就沒辦法害人，廖進良在心中暗自盤算。想當然地，廖進良的舉動並不會得到大家的感激。

「又是那個小鬼！」

「只會說些有的沒的，討別人的注意。」

嗶、嗶——廖進良又吹了兩聲。

隔壁村那群長得又高又壯的國中生，原本只是上前碎念幾句，但一看到廖進良不帶表情的衰臉，滿肚的不爽就被激了出來。在他們眼裡，廖進良就只是個打擾興致的小王八蛋。

帶頭的國中生推了廖進良一把，碰的一聲，他整個人跌坐在地上。

所幸廖進良起來得快，一個轉身爬上邊坡，躲到石橋的欄杆後頭。奔跑時還撞倒國中生們的烤肉架，燒白的木炭騰空飛起，劃過完美的拋物線後落入水中。嘶的一聲，冒出白煙。刷上烤肉醬的甜不辣、香腸掉得滿地。

一陣哀號響起。

國中生沒花時間在廖進良身上，趕緊撿起食物放到溪水裡洗一洗。儘管味道變得淡了一些、溫度也變涼了些，但至少午餐還有個著落，不至於餓肚子。一群人就蹲坐在溪邊啃起東西來。

然而，廖進良可沒打算讓阿堯得逞。

只見他撿來一枚合手的石頭，在掌心秤一秤它的分量，躲在欄杆的後方窺視著下面的動態。他的心臟蹦蹦跳，就算嚥了三次口水也無法平息。

沒過一會，那些國中生又跑進溪裡戲水，濺起的水花在陽光中閃耀著青春，打鬧的嘻笑聲也正謳歌著夏日的美好，絲毫沒有注意到潛伏在暗處的赤紅雙眼正緩緩地接近。

「嚇！」

說時遲那時快，廖進良跳了出來，手裡的石頭筆直地飛出，直往阿堯的方向射去。

哐，還沒擊中阿堯，那枚石頭就已無力地墜下，撞在裸露溪床的石塊上。彈起的石頭，只差十公分就要擦過帶頭國中生的臉龐。

「幹，給我下來。」帶頭的國中生大喊，「看我怎麼打死你！」

這次，國中生可沒有放水，廖進良還沒發育的短腿一下就被追上。國中生們就像野狗似地，將廖進良給圍住。

這群國中生的大腦還浸在男性賀爾蒙裡，手下留情可說是天方夜譚，每個揮下的拳頭飽含過量的暴力。要不是廖進良骨子硬，或許就會昏死在那。

還沒到玩水季的結束，廖進良的身上就已青一塊黑一塊，光是用冷水沖澡，就痛得哀哀叫。廖進良的父親也不好說什麼，只能去王爺廟旁的中藥店買幾帖草藥膏，貼在廖進良的身上。

對抗持續了好幾個夏日。

廖進良勸導的道具越來越多，告示牌、長竹竿、陽傘以及一張高腳椅，稚嫩的面容也被現實的跌跌撞撞磨削得嚴肅、凶惡。若是不清楚此地的外地人過來，還會以為廖進良是村裡找來的救生員。

就這樣，守望小溪的工作一年接著一年，與阿堯的對峙便一直持續。廖進良本以為會持續到永遠，卻隨著青春期的到來，戛然而止。

電鍍廠的進駐導致溪流受到汙染，原本嬉戲的人們也因為飄散的臭味不再前來。沒有人戲水，自然也不會有人被抓交替。另一方面，廖進良也因為與蕭怡萱交往，對阿堯的注意力也被轉移。

「原來這就是你說的溪嗎？」

蕭怡萱穿著牛仔褲站在岸邊的小坡上，身形顯得高䠷。她和廖進良約在溪旁，還帶了金爐和一袋銀紙。

廖進良是在高一認識蕭怡萱的。或許是因為生長環境的關係，蕭怡萱和廖進良認識的同年齡女孩相比有著世故的成熟，幾次交談，廖進良便對她產生好感。

在這之前，他們倆就像追求時髦的年輕人一樣，總會去市中心看電影，度過兩人時光。廖進良沒想到蕭怡萱竟說要來看溪。

只見她把短髮撥到耳後，視線同廖進良望向石橋橋墩旁的陰影處。

「現在應該不會有人在玩水了吧。」

廖進良瞇著眼，沒說話。

水聲潺潺。天邊的彩虹自上游的排水管傾瀉、墜入水中，緩緩地流下。濺起的水花打在石頭，留下豔麗的色彩。水面的泡沫，如糜爛的紙醉金迷，尚未從夢中醒來。

自從上游的電鍍廠開始營運，空氣就瀰漫著酸臭味。只是深吸一口，鼻腔的黏膜便隱約地受到刺激。

「你有和祂相認嗎？」蕭怡萱問：「你能和鬼說上幾句嗎？」

他搖了搖頭。

「莊伯說過，變成水鬼的人會受盡痛苦，為了脫離苦難，會變得瘋狂、六親不認。」廖進良說：「我靠近會被拖下水。」

「那就沒辦法了。」蕭怡萱說。

「對，沒辦法。」廖進良說。

那就沒辦法，這話觸動廖進良，讓他久久無法開口。

無論是社會還是神異所在的世界，全都有一個法則，沒人能夠違抗。

就算再也不會有人溺水，水鬼依舊在那。就算已經過了這麼多年，廖進良在夢裡仍會見到那紅色的雙眼。

「但我們還是可以燒紙錢給祂吧？」

就算收了這些錢，祂也不能用吧，廖進良在心裡想著。

對於變成水鬼的阿堯，祂已經被束縛在這條溪裡，哪也不能去。就算燒了紙錢給祂，祂究竟能在哪裡花錢，又究竟能買什麼來讓這煉獄般的日子變得不那麼痛苦。

更何況把錢給一個希望殺了自己的水鬼，是不是就像繳交保護費，只是一種妥協呢？

廖進良嘆了一口氣。他和阿堯離得夠遠，這幾年倒也相安無事，廖進良不想自己的人生在這擱淺。然而，就算憤恨已經隨著時間生鏽，但是卡在肉裡，仍無法忽視它所帶來的異樣——

此時，蕭怡萱已經從袋中拿出銀紙。

廖進良嘴角微微揚起。

蕭怡萱總是如此。在廖進良猶豫不決時，她果斷、迅速，在前頭引領。就連兩人的相遇，也是蕭怡萱先開口的。

喀嚓，銀紙的一角被打火機點燃，小心地被蕭怡萱放進金爐中。火焰在兩人眼前燃燒，餘燼在空中漫舞，四周劈啪作響。

蕭怡萱站在橙黃的火光旁，臉被照得通紅。

她的手穿過金爐上空，在熱氣裡變得模糊，與熊熊地烈火纏結，怎麼也分不開。

半疊銀紙從她的手裡落下，一片片地被爐中那個未知、神聖的存在伸出的火舌給捲入。轉眼間，祂打了飽嗝，灰燼乘著氣流揚起，蕭怡萱置身在點點星火之下。

她的動作溫柔、俐落。細長的指尖掃過銀紙粗糙的表面，每翻過一張便熟練地將它對摺。蕭怡萱的唇微微晃動，低詠迴向阿堯的名字。

「唉，明明是受害者，卻要受到這樣的苦。」蕭怡萱嘆了一口氣。

「也許是前世犯了錯。」

大家常說，人的命運是前幾個輩子就決定好的。所謂的因果業報，需要用更長的時間來看。可能阿堯的前世作了壞事，今世才被抓交替在水裡受苦。但看著那色彩鮮豔、瀰漫著陣陣惡臭的溪水，廖進良意識到此處不再會有人戲水、也不再有人溺斃，那麼阿堯的苦難是否會直到永遠。

究竟要犯下怎樣的罪刑，才會遭受這樣的對待？

「這樣不是更殘酷嗎？」

蕭怡萱的話聽來灼人。

「靠著找替死鬼來獲救，不是鼓勵傷害更多人。」蕭怡萱說：「用這樣的方法懲罰人，真的會讓人向善嗎？」

「不會……」廖進良說：「就像是螃蟹一樣。」

「螃蟹？」

「海鮮攤不是常會有用塑膠籃裝的螃蟹嗎？店家都會用繩子綁住螯和身體。」廖進良說：「我爸每次看到都嫌店家浪費。」

「浪費？不綁繩子，螃蟹不會逃走嗎？」

「我爸說，只要有螃蟹爬到邊緣時，下面就有其他螃蟹抓住牠的腳，把牠往下拖去，自己再往上爬。到頭來根本沒有一隻螃蟹能夠爬出去，根本不用浪費錢和力氣去綁。」廖進良的眼瞇成一條線，「這和水鬼一樣，沒有任何一個人能得到真正的解脫。」

蕭怡萱低著頭，隔了一會才開口。

「菩薩、神明若是慈悲為懷，不會允許這種事情發生。」

蕭怡萱說的是對的，所謂的神明，是不可理喻的。

廖進良想到的是電影裡中的納粹與共產黨。在蓋世太保、祕密警察監督下的民眾，每個人互相監視、舉報，只為了讓殺身之禍降在他人身上，而不要找上自己的家人。

在那些握有權力的人眼裡，普羅大眾就只不過是躲藏的猶太人、反政府的異議分子。所有的都有可能成為他們口中的「不正常」。

所謂的儀式，是要讓不正常回歸於正常，廖進良想起莊伯的話。

阿堯成為水鬼，就只是因為「不正常」的死。廖進良的胃隱隱作痛。真是如此，為什麼沒有儀式能夠讓人解脫，又為什麼王爺只是把水鬼趕走，沒能讓祂擺脫這無止盡的輪迴，只能永遠地受盡折磨。

「我們也是一樣……」

劈啪的聲響喚醒了沉浸在思緒裡的廖進良。金爐的火焰持續地將銀紙吞沒，焦炭般的黑沿著纖維向紙張的中心前進，吐出濃烈的灰煙以及高熱。一股難以言喻的鬱悶感，卡在廖進良的胸口，怎麼也趕不走。

蕭怡萱彷彿從廖進良那張撲克臉上看到一閃而逝的陰影。她的手放到廖進良的頭上，打斷廖進良的思緒。她的動作輕柔，緩緩撫過他刺蝟般短髮。廖進良並不討厭她的觸摸，任由她的指尖在髮間探索。

「沒問題的，我們還是能做一些事情。」蕭怡萱說：「阿堯喜歡什麼嗎？」

「我想……美國的雜誌或錄音帶吧？」

「下次帶一些過來吧。」蕭怡萱說：「事情會變好的。」

蕭怡萱將廖進良摟進胸前。她的心跳聲平撫廖進良焦躁的心，讓他忘記那雙紅色的眼睛在橋墩下盯著這。

三

就算是軍中規律、枯燥的日子，也無法阻止阿堯出現在廖進良的夢中。在夢裡阿堯總是站在他的身旁，有時則是會躲在角落的陰影裡，什麼話也不說，只是用祂那雙紅眼靜靜地盯著廖進良。到後來，廖進良甚至醒著也能見到阿堯。

廖進良唯一能做的，也只有不要去想，將全部的注意力投注在軍中毫無意義的瑣事上頭。但這也不是每次都管用。能撐到現在，廖進良還是得感謝林威豪。

廖進良和林威豪的第一次交談，正好是在天兵惹怒班長的時候。

那天天氣炎熱，光是站在外頭一會，就覺得全身的水分都被蒸乾，更何況是聽老班長訓話一個小時。老班長的視線不比豔陽毒辣。只見他掃過隊伍，一雙眼就盯在天兵的身上。

「動什麼動，是屁股長蛆啦！」

「Sir！」

「射？射什麼射，是沒射過呀！」

「報、報告班長。」天兵說：「不是。」

叩，老班長重重地打了天兵的頭盔，聲音之響，在場的人都聽到。

「那你還動，你是身體有病嗎！」

廖進良低著頭，盡可能不要與老班長的視線對上。他們只希望能夠撐過這段冷嘲熱諷，讓老班長自己失去興趣。然而，天兵卻無視地打破了這項期待。

「報告班長，是你講得太久！」

天兵這一講可不得了，老班長越罵越起勁，硬是要廖進良等人多跑了好幾公里。結束操練時，每個人的骨架彷彿都要散掉，喘到連呼吸的節奏都忘記。

結束地獄的操練後，眾人一團一團地圍坐著，就只有廖進良獨自一人蹲在水溝旁。

那時不少人已經發現他的怪異之處。廖進良夜裡低聲的夢囈，比起天兵的白目沒有好上多少。隊上開始流傳起他中邪的傳聞，甚至有人手碰到他，還會很刻意地往衣服上抹。

廖進良對這早已習慣的狀況倒是不怎麼在意。他只是無聊地數著地上螞蟻，又或是想著蕭怡萱究竟在做什麼。

「剛才很敢喔，直接罵出來。」

林威豪在一旁蹲了下來。這讓廖進良有些訝異，一時之間說不出話。

廖進良自然是知道林威豪，時不時還會偷瞄一眼。

他一副公子哥的樣子，有著良好出身特有的自信，在誰的面前都不會過分地謙卑、囂張。在廖進良的眼裡，他來往於團體之中，每次的休息時間都會與不同的人交談、活動。儘管吃得開，但也不見他與誰深交。

廖進良沒想過林威豪竟會主動找他搭話。

「你說那個天兵喔？」廖進良試探地問。

「他確實滿奇葩的，哪有人會直接把心裡的話給說出來。」林威豪說。

「還中英文夾雜。」廖進良說：「不知道是不是歸國子女，受美國教育，讀到腦子都壞掉了。」

「但我說的不是他。」林威豪露出淺淺的微笑，「我說的是你。」

廖進良的臉一陣發麻。

「應該沒有講得很大聲吧。」

「我可是聽得很清楚。」

廖進良皺著眉頭。

老班長的嗓門大，一般說話聽起來都像喊的，遠在十公尺外都能聽得見。廖進良可是算準老班長對著天兵破口大罵的瞬間，偷偷說的。他可是對自己的撲克臉很有信心，若只是盯著他的臉瞧，很難會發現異狀。

但廖進良還是被發現。當他的視線往右邊瞄去，林威豪正看著他。林威豪的嘴角揚起曖昧的笑容。

廖進良的心跳得好快。

「該死的天兵。」廖進良小聲地補罵一聲，希望林威豪只聽到這句。他的手伸向口袋，只覺得空蕩蕩，這才發現菸早就抽完。

「所以？」廖進良說。

「什麼所以？」

廖進良嘆了一口氣。

「我是說你聽到了，然後打算做什麼？」

「沒什麼，我就想再聽你說一遍。」

「要抓我把柄？」

「不、不，只是覺得你罵出我的心聲。」林威豪說：「當下聽真的很爽。」

林威豪掏出菸盒，遞了一根。

「就看在這菸的分上。」

廖進良拿著菸盯了一會，深吸一口氣。

「幹，踐什麼踐，當自己天王老子呀。」廖進良小聲地說。

林威豪笑出聲來。他的手重重地拍著廖進良的肩膀。儘管和兒時的國中生毆打的力道差不多，廖進良卻沒感到不快，反而有一種親暱。

在那之後，林威豪時不時就來找廖進良聊天，有時吃飯也坐在對面。「阿良這人很有趣，也很有種。」林威豪似乎是見人就講，廖進良原先的印象也逐漸被「林威豪中意的人」取代。

廖進良對這樣的改變並不討厭，甚至對自己的特殊身分感到自豪。然而，無論聊過多少話題、聽過林威豪講過自己的往事，廖進良始終不敢說自己真的了解他。在他的眼眸深處的水面下，似乎還有著廖進良無法見到的念頭在裡頭。只有在少數幾個事件，才能見到其產生的漣漪。

入伍後的一年，天兵被人修理。

雖說天兵被人捉弄已經不稀奇，小高的冷言冷語與肥祥的推擠，每隔幾天就會上演。但那次天兵的手腳、臉頰都有大大小小的瘀青，嘴角還有血絲。

林威豪目睹天兵被打的過程。

「大魚把他押到廁所後頭打。」林威豪說。

原來打人的是名外號叫做「大魚」的老兵，也是營裡的伙委。

伙委這個職務主要是負責想菜單、外出採買，將買來的菜交給伙房兵處理。由於能夠出公差到外頭溜達，廖進良營裡的伙委都是像大魚這樣的老兵霸占。

雖然是因為身材高大、名字裡有個瑜字才得名，但當初起這綽號的人可說是神機妙算，大魚如其名，摸魚都是摸最大尾的。

摸魚就算了，大魚還懂得些手段。為了討好連長，長官的桌上總會有雞腿、大蝦，相較之下，廖進良等人的桌上就只剩下牛蒡、蘿蔔、發黑的高麗菜，就連肉也被切得薄薄的，用筷子都要試個幾遍才能夾起。

那一陣子，大魚不僅是營裡的紅人，講起話來還特別囂張。見到看不順眼的學弟，還會當著長官的面教訓一番，甚至出手毆打。

天兵自然也是其中一個。

「我見到大魚和人在廚房喝酒，還吹噓錢多好賺。」在林威豪的催促下，天兵說出了原因。

這麼一說，廖進良和林威豪都懂了。這是營裡不能說的祕密。畢竟在他們營裡，伙委掌管著伙食採買的預算，總有很多機會能撈油水。大魚靠著東省一點、西凹一點，汙了一筆不小的金額。但大魚也不是傻子，如果只有自己獨享，最後肯定會惹禍上身。

大魚依循著部隊的慣例，趁著採買外出時，總會多買些菸酒，藏在高麗菜堆裡帶進營內。這些夾帶進來的菸酒，就成為了大魚與伙房兵打好關係的禮物，好請他們睜一隻眼閉一隻眼。

「但這件事很多人知道，總不會這樣就打你吧？」林威豪說。

天兵兩眼直視著林威豪。

「我向輔導長告發這件事。」

「這就是原因。」廖進良說：「輔仔本來就和大魚的關係好，我看你才剛說，輔仔就把事情告訴大魚。」

「那我向營長報告？」天兵說。

「沒用的，大魚可是營長眼中的紅人。」廖進良抖掉菸灰，「說了只會被整得更慘。」

「但也不能就這樣放過他們吧……」

天兵的話才講到一半，只見林威豪拍了拍自己的胸膛。

「我來處理。」林威豪說。

天兵被打的消息傳得很快，還不到半天，營上一半的人都知道。也因為伙食的明顯劣化，所有人幾乎一面倒地站在天兵那邊。就連平時欺負天兵最凶的小高、肥祥也難得地替他說話。

「操！大魚那混蛋也做得太過分了。」肥祥說。

「還是烙人在外面給他好看？」小高說。

「豪哥，該怎麼辦？」廖進良說。

所有的人全看著林威豪。

此時的林威豪沒有白天的威風。他的身影看起來弱小許多，就好像半截身體沒入水中。

說也奇怪，廖進良沒有因此感到失落，反而覺得此時的林威豪更加親切。是的，他和我們也是同樣的人，廖進良心想。

只見林威豪嘆一口氣，搖了搖頭。

「行不通，這樣風險大。」林威豪說：「這件事情也就只能這樣，無論我們做什麼都沒有用。」

向大魚討回公道的事情被林威豪壓下後，廖進良便不再過問此事。這群人中就只剩天兵還繼續緊咬不放。

「我看到你和大魚跟營長在小吃店喝酒。」天兵拉住林威豪低聲地說：「你和那群人混在一起不好吧。」

「沒啦，只是剛好遇到而已。」林威豪沒有否認，「見到長官不去敬酒，也太不盡人情吧？」

廖進良與肥祥等人都看在眼裡。儘管沒有發表意見，但看著天兵的模樣，彼此會互相點頭。或許出於憐憫，又或者是對於他鍥而不捨的敬佩，肥祥、小高捉弄天兵的次數變少，聽他說話也不會從第一句就開始反駁。

直到三個月後，廖進良才知道事情的真相。

某個晚上，憲兵來到營區將大魚給帶走。這件事在營裡低調得異常，就連事情的原委也是廖進良從小高轉述才知道。

原來大魚被人檢舉收受廠商的回扣，不僅沒了伙委的職務，還被移送軍事法庭。新任的伙委則是由林威豪擔任。

那一陣子的伙食變得好吃不少，肉與副食品再度回到大頭兵的餐桌上，自然也不會有人對這不合常理的任命有什麼抱怨。

「既然這社會有他的規矩。」林威豪說：「我們就照著規矩玩囉。」

營區外的小吃店裡，林威豪拿著蘋果西打，替廖進良、小高、肥祥倒上一杯，就連天兵也被邀請。那時的林威豪臉上洋溢著自信，高大、壯碩，讓人無法移開視線。

望著林威豪的臉，廖進良感到胃裡一陣翻騰。

「來，讓我們乾了這杯吧！」林威豪說。

四

「來，大家先喝、先喝。」

林威豪轉開高粱酒瓶的蓋子，替在座的每人都倒上一杯。透明的液體順著瓶口滑下，在玻璃的一口杯裡翻浪，清香挑逗著廖進良。

退伍前的最後一個休假，林威豪在小吃店裡的包廂辦了一桌送別宴。圓桌上擺了十來道菜，有炒牛肉、燙透抽、炸蚵仔等，把桌面給塞得滿滿的。廖進良才剛入座，就發現腳邊似乎放著什麼。拉開桌布一瞄，這才發現桌子下還有三瓶金門高粱酒與兩瓶葡萄酒。

「幹，這麼明目張膽？」

林威豪的嘴角勾勒出一道曖昧的笑容。

「安啦，已經跟長官喬好了。」

林威豪舉起酒杯，眼神掃過在座的其他四人——廖進良、小高、肥祥以及天兵。

「感謝這三年來有你們這群好兄弟的陪伴。」林威豪說：「就讓我們今天喝個痛快！」

「乾！」眾人一齊喝下。

酒入喉間，一股高粱特有的香氣便在嘴裡揮發、充滿。廖進良分了三、四口嚥下。廖進良有些意外，這款高粱酒竟沒有第一次喝時的辣口。

天兵也被現場的氣氛影響，原本盯著玻璃杯的他，突然深呼吸，皺著眉頭將高粱酒湊到嘴邊，啜了一口。下一秒，天兵也把杯中的酒喝乾。

「哪有人這麼說啦，又不是要死了。」廖進良說：「我們出去，還需要你提拔，賞口飯吃呢。」

「你們哪是我能用得起的。」林威豪說：「要也是合作夥伴，哪可能把你們當員工。」

頓時哄堂大笑，就連林威豪也露出笑容。林威豪又從桌底拿了一瓶葡萄酒，替每人倒上一杯。

「說到這件事，我告訴你們一個門路。」林威豪壓低聲量：「等退伍後，你們去銀行借錢買股票，包準賺錢。別說我沒告訴過你們。」

「穩賺不賠？天底下真有這麼好的事情？」一旁的小高問道。

「這是一個在政府工作的長輩跟我爸說的。」林威豪說：「他說臺幣看漲，國外的熱錢很快就會流到臺灣。」

林威豪細數著哪支股票適合長期投資、哪支股票適合炒短線。儘管股名不認識幾個，但在林威豪的口裡，那個老董是怎麼發跡、那個老闆又有什麼風流韻事，各個聽來有趣。

「這社會就是這樣，不能只靠死薪水，不然工作到死也翻不了身。」林威豪說。

「這麼說，我們把錢出一出，交給豪哥，這樣我們下半輩子就可以躺著過了。」廖進良不確定是誰說的，但在酒精的催化下，這話才剛傳出來，大夥便開始鼓譟。我出三千、我拿五千夠不夠，像是拍賣喊價般，全部吵成一團。

相較於席間的狂熱，林威豪倒是拚命地搖頭、擺手。

「等等，這些錢當然不夠。」林威豪說：「賺到的錢當然是要買地、開公司，讓錢繼續滾錢。這才是正道。」

「哎呀，我們又沒有要花天酒地，這點錢就夠了啦。」廖進良說。我只要能買得起肥料、農機具就好，廖進良心想。

「不、不，你還要考慮養小孩、買房，多賺點也是個保險。」林威豪說：「像我股票賺完這筆，就會去接手我爸的產業。」

「幹，我也想要有家業能夠繼承。」廖進良冷冷地說：「真羨慕你不用在外打拚。」

儘管這些話聽來酸了一點，但林威豪沒有生氣。

「唉，你們不懂。」

林威豪搖了搖頭，又替自己倒了一杯高粱酒。

「開公司的壓力很大。做老闆的要張羅員工的薪水，又要確保資金，每天根本無法睡好覺。之前還有員工說是我家工廠的藥劑有毒，讓他們得了癌症。我們家都已經給了慰問金，還繼續鬧。」

「得了癌症，心裡不爽也是理所當然吧。」廖進良掏出一根菸，叼在嘴裡。

啪擦、啪擦，打火機按了幾次，怎麼也點不起火。就算點起，不知是廖進良的手在抖，還是受房內氣流的影響，火焰在空氣中搖擺，菸頭怎麼也對不上。試了五、六遍，廖進良才將香菸點燃。

林威豪見狀也從口袋裡掏出菸盒。

「話不是這樣說的。」林威豪抽出一根，便開始把玩手裡的黃色菸盒，「我跟你們說，我家用的原料都是從美國進口，老美都在用，怎麼會有問題？」

「而且彰化環境本來就糟，很多人都罹癌，他們在家可能就有吸到致癌物，怎麼不去怪那些開在自家旁邊的工廠。」

「要不是我阻止我爸妥協，寫訴狀去告那些勒索的員工，我們家的工廠可能還會因為賠償而倒閉呢。」

廖進良頓時喉嚨一陣躁熱。

「這不是挺好的嗎……」廖進良勉強擠出這句話。

「嗯？」

對於廖進良的話，林威豪一時還反應不過來。廖進良只是搖了搖頭，沒有多說什麼，反倒替林威豪點上手裡的菸。

「學以致用。」廖進良說：「這不是天生幹老闆的料嗎？」

林威豪露出微笑。他的大手用力地拍了下廖進良的肩膀。

「對了，你們退伍後要做什麼？」

林威豪的眼神環顧，當視線掃過，廖進良不留痕跡地避開。視線最後落到天兵的身上。此時，天兵蒼白的臉頰因為酒精而變得紅潤，嘴角頻頻揚起噁心的笑容。

「我嗎？」天兵看來有些茫了，話與話間隔了一段時間，「我要當畫家！」

「畫畫？」小高說：「你這傢伙竟然會畫畫？」

「會，當然會呀！」天兵說。

天兵再度露出那副不服輸的態度，聲音也越講越大聲。

「不然我畫給你們看！」

只見天兵拿起筷子浸到酒杯，也不管旁人嫌髒，油膩的筷子在葡萄酒裡轉動、沾濕。然而筷子尖端才剛碰到衛生紙，酒水就已滲入紙張纖維，暈了開來。

林威豪向老闆娘要來了紙筆，但天兵只拿走月曆紙，依然用他的木筷當作畫筆。

出乎廖進良的意料，天兵筆下的不是火柴人般的簡單幾何圖形。天兵的下筆、勾勒都頗具架式。就連起鬨的大夥也暫時安靜下來，看他葫蘆裡究竟是賣什麼藥。

只見禾稈自空白伸展，結出稻穗，在酒所描繪的風中搖擺。

廖進良看得出神。

不過幾筆，粉紅色的水田、溪流浮現，水車濺起的浪花躍於紙面在空氣中翻騰，散發著酒氣。他的神情嚴肅，儘管喝了酒，他的眼仍盯著畫。天兵的額頭積著汗珠，在白熾的燈光下，閃閃發亮。

他想起與父親赤腳站在水田裡的溫度，隔著手套握住稻稈的觸感，以及手捧金黃稻穗的喜悅。

啪，天兵的汗水滑下，落在月曆紙，在正中央留下淺淺的水痕，正好在天與水的面上。那團模糊的水漬就像是個人影，從溪中游來，一雙赤色的眼看向紙外——

廖進良嘴裡香菸的前頭灰燼支撐不住自己的重量，向下墜落。

他眨了眨眼，那團水痕已經消失在那片粉紅色的海上。

當廖進良回過神，天兵已經畫好。

「你這樣一定能考上臺藝大。我父親剛好有認識一名國畫教授，你可以去當他的學生。」林威豪說。

「我還要回美國繼續念書呀。」

天兵這話驚醒了廖進良與其他人。

「等等，你不是本來就住在美國嗎？」林威豪說：「我還以為你是混不下去，才回到臺灣。」

「才沒混不下去！」天兵說：「是我自己決定回來的。」

「你難道不知道要當兵嗎？」廖進良說。

天兵點了個頭。

這舉動無疑地惹惱了其他人。

「幹，明明都在美國了，偏偏還要回地獄受苦。我要是你，就待在美國到三十幾歲。」肥祥說：「浪費的這三年拿來賺錢多好？就算是當公務人員，也有個幾十萬。」

天兵一臉困惑。

「當兵是義務吧？」

「但你回來的可是個鬼地方。」廖進良說。

「對呀，你回臺灣應該憋死了吧。」林威豪說：「想回去了吧？」

天兵似乎沒聽見林威豪在問他，他的瞳孔似乎對焦不起來，眼睛眨呀眨。但其他人也沒在意，只要話題能夠繼續就行，一群人就這麼自顧自地說了下去。

「賺的是美金就贏了我們幾十倍了……」小高說：「而且還不用擔心共匪隨時會打過來。」

「這倒是真的。幾年前剛斷交，我那個在加州開餐館的舅舅，一直跟我們講共匪已經部署幾個師在沿海。我父親每天都擔心共軍會打過來，嚇到想要全家移民美國。」林威豪說：「要不是後來局勢穩定，不然我可能也變成美國人。」

「那是你們家有錢。」

「我們這些沒錢的還能逃到哪裡？更何況斷交完，老共的砲彈也不射了，新聞也只是罵列強背信忘義，生活還不都一樣？」廖進良說：「當然，如果能當美國人，誰會想留在這。」

「聽你的口氣，你是很想去美國嗎？」林威豪說。

廖進良聳肩。

「就是因為去不了，所以才想去呀。」廖進良說。

「那你之後打算幹麼，去美國念書？」林威豪說。
「別說傻話了……」
廖進良想起他父親那雙長滿厚繭的手。
那時大學剛放榜，廖進良被找進父親的房間。父親彎下身子，膝蓋發出啪啪的聲響，耗個一兩分鐘終於蹲下。他兩手握住鐵環，拉開木櫃最下層的抽屜，從一疊帳單的底下抽出個紅包袋。紅包袋上頭的顏料已經脫落大半，袋身被撐得鼓鼓的。
他父親撐開紅包袋口，拇指在舌頭上沾了一下，一雙眼瞇得好細好細，只為了點齊那一張張皺摺的百元鈔票。看著父親前前後後點了三遍，廖進良沒有說話，只是站在一旁看著他將鈔票塞回袋裡。
那雙粗糙的手將紅包袋塞到廖進良的掌中，把他細嫩、伸直的四指給向內彎曲。父親的話直到現在，廖進良都還記得——好好念書，賺大錢，莫和我共款種田。

「我可能先考過國考，在臺北找一間事務所工作吧。」廖進良說。

「那什麼時候結婚呀？」林威豪說。

「還早吧，我都還沒有工作。」廖進良說。

「所以你們上幾壘了？」

廖進良轉頭見到林威豪賊兮兮的笑容，這才知道自己上了當。

「什、什麼跟什麼，你在亂猜什麼？」

廖進良想跳過這話題，但是提到感情、女友，其他人怎麼可能放過，紛紛圍了上來。

「哇操，之前偷偷寫信原來是寫給女朋友，虧你還能瞞這麼久。」肥祥說：「在金門這麼久沒有被兵變吧？」

「喂喂喂，她長得漂亮嗎？是在哪裡認識的？」小高說。

廖進良越是否認，這群人就逼得越緊，到最後甚至用手臂扣住他的頸部，不讓他脫逃。一群人起鬨地要繼續灌酒，直到廖進良放棄。

吵了十來分鐘，廖進良最後還是妥協。

「好，我認了。」

廖進良鬆開領口，喘著氣。

「她是我大學的學妹。」廖進良說：「小我一歲。」

當然，這只是謊話。

五

「幹，你為什麼保護成這樣。」似乎每個廖進良的朋友都問過這句話。就算被知道有女朋友，頂多是被調侃個幾句，又不會少一塊肉。然而，廖進良始終將蕭怡萱的存在隱藏起來。

他知道自己在心裡有過不去的檻。那是一股恐懼，逼迫他將一切深埋，害怕塵封的戀情會隨著照到陽光，徹底地氧化、逝去。

廖進良還記得今年初那瀰漫在空氣中的血腥味。

牛排在鐵板上煎得滋滋作響。

廖進良的叉子輕壓，餐刀從表面切開，菲力牛排的斷面處滲出血液。血液滑落至鐵盤，便被高溫煎得冒泡。

西餐店裡播放輕快的美國曲調，空氣瀰漫著油脂煎烤的香氣。蕭怡萱桌前的鐵盤上，牛排只切了一小塊就放在一旁，等著晚點打包。

廖進良知道她最近喉嚨不舒服，沒多說什麼，只是把玉米濃湯遞給她。

「這很不像我對吧。」蕭怡萱說：「最近的胃口不是很好。」

「要我餵妳嗎？」

「誰怕誰，要餵就餵。」

當廖進良真的舀了一口湯，將湯匙伸到蕭怡萱的面前時，她卻把湯匙劫了過來，塞進嘴裡。

兩人相視而笑。

「對了，我最近去看了伯父。」蕭怡萱說：「他很有精神。」

蕭怡萱用湯匙將濃湯的奶油拌開。

「伯父希望我能和你分手。」

「是嗎……」

他的父親儘管憨厚，但還是有著務農人家的直率。他總會一跛一跛地走到廚房，替蕭怡萱泡上一壺茶。水不會加多，只夠倒滿兩杯。「免閣來看我」，他會一邊嘮叨一邊坐下。他的眉頭緊緊皺起，一雙眼直盯著她瞧，沒講幾句就會把自己想說的再講一遍，生怕蕭怡萱不知道自己的想法。

「我好好地和伯父說了，『在你同意我們的感情前，我是不會放棄的。』」蕭怡萱說：「說完，他就像你一樣，默默地在想事情。」

廖進良露出淺淺的微笑。

聽著她毫不害臊的宣言，廖進良回想起他們倆第一次對話，也是她開的口。從那之後，廖進良就一直被蕭怡萱牽著走。而廖進良的父親和他很像，甚至表現得更加明顯。

當遇到別人的反駁，廖進良的父親話與話的間距會變得越來越長，張口也會猶豫個半天。他會回想著自己究竟是說錯什麼，才導致別人的批評。面對蕭怡萱的快言快語，廖進良可以想見父親肯定會從前世罪孽到為什麼生下自己開始檢討，久久無法言語。

「伯父最後還說，如果我們真的要繼續下去，希望我讓你去臺北發展。」

蕭怡萱兩手捧著濃湯的湯碗，讓餘溫透過白瓷的碗壁傳到指尖。

「他說並不是討厭我。」蕭怡萱的睫毛微微晃動，「只是怕我把你綁在那，埋沒了你。」

「那些田呢？」

「伯父打算把地賣了。」

廖進良感到一陣暈眩。

他從口袋裡掏出菸盒，推出一根，叼在嘴裡。

「你菸好像抽更凶了。」

蕭怡萱歪頭看向他，臉上仍掛著笑容。

廖進良知道她不在意，但自己明明注意到蕭怡萱最近肺不好，聞到街道的廢氣，便猛地咳了起來。那瞬間就像是做了虧心事被人揭穿，怎麼也冷靜不下來。

「沒有啦，在部隊裡沒事做，只能抽菸。」廖進良苦笑，「如果不抽，很難打入小團體裡。」

廖進良把推出半截的菸塞了回去，把菸盒隨手放在一旁的菸灰缸裡。他拿起玻璃杯，將杯中的冰水飲下。瞬間的冰冷刺激牙齦，陣陣撥弄神經的痛楚並沒讓廖進良擺脫暈眩，反而更將他逼進瘋狂裡。

「伯父覺得這幾年的收成越來越差。」蕭怡萱說：「而且身體也開始吃不消。」

「是沒比以前好。」廖進良說：「但應該是缺人照顧，等我退伍……」

等我退伍，我會繼承那片水田——廖進良的話還卡在喉間，蕭怡萱又說。

「他還說，最近聽到桃園環保局正在調查農田的狀況……」蕭怡萱說：「據說是被工廠的廢水汙染到，米裡面有鎘還是什麼重金屬，整批都要進焚化爐銷毀。」

廖進良閉上眼，嘆一口氣。

他想像著水田的四周圍起黃色的警示帶，老父親面對乾涸的土壤，一滴淚也哭不出來。一袋袋輾好的新米貼上封條，被推入焚化廠的火爐裡。火焰轉眼間就吞沒麻布袋，白米由外至內逐漸地化為焦黑。而那揚起的飛灰還帶著餘火，落進廖進良襯衫的口袋，從左胸透進心臟，沿著心室、動脈開始燃起。

廖進良顫抖著。

「如果……」廖進良說：「如果我照我父親說的留在臺北工作，那妳會和我一起嗎？」

「之後的話，應該沒問題。」

「我會負責工作養妳的。」廖進良說：「妳不用擔心錢的問題。」

蕭怡萱輕咳了一聲。

「我不是擔心。只是你還在當兵，就算出來找到工作，穩定也要好幾年。」蕭怡萱說：「我還想再工作一陣子，這樣之後也不會造成你的麻煩。」

蕭怡萱伸手握住廖進良。

「都等了這麼久，我會繼續等你的。」

「好……」

她溫柔地拍了拍廖進良的手背。廖進良才想回握，蕭怡萱的手卻抽了回去。

「抱歉，我去洗手間一下。」她輕聲地說。

那瞬間，廖進良什麼話也說不出來。

廖進良看著蕭怡萱的離去，她的背影拉得好長。廖進良有時候會想，自己當兵不在本島的一年多是否增加了與蕭怡萱的隔閡，他少數能和她談的只剩下軍中扭曲的規矩，與未來空泛的想像。又或者，他們兩人從一開始就已經站在成對的平行上，只是因為蕭怡萱的包容，讓彼此還存有交會的幻想。

時間一分一秒地流逝，廖進良始終無法理解心裡的那分不安源自何處。如果是對於疏離感的恐懼，為什麼前些年反而沒有意識到？是因為年紀漸長，終於看見社會所建起的那堵牆，還是廖進良自身已屈服在規矩之下。

廖進良不安地看著手錶的秒針轉了十圈半。是廁所人太多嗎，廖進良暗自猜測。在想了幾種可能後，他決定還是去看一下狀況。

他被眼前的畫面嚇到。

當廖進良一進到男女廁前的分岔口，便看到蕭怡萱一人站在洗手臺前。她摀著口鼻，手指已被鮮血染紅。滴答，血從指縫間滑落，在洗手槽底與水混合，暈開的紅色絲狀如紅花石蒜。

剎那間，他的意識與身體斷了聯繫。

「誰去叫救護車！」廖進良大喊。

廖進良抱住蕭怡萱。

「沒事……」蕭怡萱在她的懷裡虛弱地說。才講幾個字就咳了一陣，

「最近常這樣。」

然而他沒有聽進蕭怡萱的話，不連續的思考在廖進良的腦中跳躍。

生病？喉嚨痛不應該會出這麼大量的血。

受傷？又會有誰能做得出來？

旁觀者圍在他們的四周指指點點，穿著白襯衫的餐廳經理從人群擠來。

廖進良感覺到有人輕拉他的袖子，耳邊傳來交談聲。

廖進良茫然地抬起頭——

他在鏡子裡看到一個陌生的人影。人影就站在蕭怡萱的身旁，兩隻手抓住她的肩膀，用祂赤色的雙眼盯著廖進良。

是阿堯。

祂的樣貌就和廖進良這幾年見到的一樣。

但是，為什麼？

他不知道阿堯為什麼不是找他，而是找了蕭怡萱？

廖進良也不知道蕭怡萱是什麼時候被阿堯盯上。明明蕭怡萱沒有直接碰到阿堯——不對，那次燒紙錢就是。

那次蕭怡萱和廖進良買了些供品，放到阿堯常躲著的橋墩下。阿堯就是在那時見到蕭怡萱。

難道是自己用雜誌、卡帶這些廉價的供品，企圖推卸害死阿堯的責任，惹怒阿堯？

一股惡寒悄悄地爬上廖進良，祂肯定是為了報復我，這才打算對蕭怡萱下手。

祂要用蕭怡萱的性命，讓廖進良也無法得到幸福——

吵雜聲中，蕭怡萱的體溫在廖進良的懷中逐漸消逝，彷彿火焰漸漸地被冰水浸沒，發出最後的殘煙與聲響。廖進良看著救護人員接過蕭怡萱，放上擔架。

這是水鬼的索命，廖進良心想。

六

最終，火光還是熄了，留下勉強構成形體的死灰。

廖進良捻熄長度只剩一根指節的香菸，從菸盒裡再抽出一根。

他們結束退伍宴回到營裡，天兵就跑進廁所沒出來。林威豪擔心天兵的安危，便讓廖進良去看看狀況。就算廖進良已經抽完一根菸，天兵仍舊維持跪在蹲式馬桶前的姿勢。就連廁所外也能聞到飄散的酸腐味。

廖進良瞄了一眼，見到天兵的身子抽動，聽見蟲鳴聲中微弱的嘔吐聲，便再點了一支菸，坐在廁所外的臺階。

這傢伙也是可憐，廖進良心想，明明不會喝酒，卻被迫喝下一堆酒。這就是廖進良為什麼討厭規矩的原因。

只要有人向你敬酒，按照規矩，你就得乖乖吞下。如果拒絕就會被說是不合群，落得被排擠、被惡整的命運。這樣的規矩一屆傳一屆，每過一屆這陋習就變得更穩固，彷彿只要說：「之前就是這樣。」一切就變得合理。

當然，為了迎合大家，廖進良也沒少灌天兵酒。說到底，廖進良自己也是加害者。

「我們都是受害者……」廖進良喃喃自語。

就像阿堯一樣。如果祂不想辦法溺死自己或是別人，就別想從那條該死的小溪逃離——

「是啊，大家都是受害者。」

面對天兵突然開口，廖進良有些不知所措。他不想讓天兵看到自己的怯懦，只能繼續用平日的酸言酸語遮掩。

「幹，你家裡有錢搬去美國，怎麼會是受害者——」

「我爸爸其實是黨外活動的支持者。」

廖進良任由燃盡的菸灰落到自己的腿上。

天兵呻吟一聲。只見天兵翻了個身子，身體就靠在廁所的白瓷磚牆上。

「他被盯上後，帶著我們全家逃到美國。」天兵說：「但是就算到了美國，他還是整天擔心。」

剎那間，蟲鳴消失，四周靜得可怕。

廖進良沒有想過天兵會向他公開身世，也沒想過該怎麼回應，甚至連是否要應聲都拿不定主意。然而，那句「是啊，大家都是受害者。」那不帶怨恨，也沒有表露出高高在上的口吻卻勾住了廖進良的思緒。

等到廖進良確認無人，這才小聲地問。

「他們是擔心自己在國外也被監視嗎？」廖進良說。

廖進良沒有接觸過黨外運動，只是聽蕭怡萱提過一些，但那種被什麼東西給盯著的恐懼，他倒是能夠理解。

這時廖進良才意識到，天兵那種奇怪的個性，是否就是源於這特殊的生長背景呢──

「不是啦。」

天兵的笑聲瞬間就推翻了廖進良的想法。

「他只是不習慣美國而已。」天兵說：「我爸覺得去了美國，什麼事情都能解決。但事情並沒有因此變好。」

廖進良頓時覺得自己像個笨蛋，便決定不再說話，就只是靜靜地聽著。而天兵因為血液中的酒精作祟，一句話講得斷斷續續。

「我們家一開始是住在舊金山的華埠附近……」

他的爸爸以高於行情的價格，向一名香港人租下華人社區裡一間公寓的二樓。公寓裡的空間不大，僅有兩房一廳。牆壁被塗上了一層層的白漆，凹凸不平，試圖掩蓋建築物的老舊。在裡頭的每次呼吸，彷彿都能吸進那滲進天花板裡的濕氣。

那是個折磨人的十四歲。

他的爸爸是家裡唯一會說英文的人。然而他爸爸一住進公寓，便試著與過往的同學聯絡，整日埋首於居留與聯邦醫師執照考試的申請。原本烏黑的油頭，不到一年就被壓力弄鏽，鏽成一頭鐵灰色。而他媽媽也好不到哪去。不懂英文的她，除了去巷口臺灣老鄉開的雜貨店採買，幾乎足不出戶。她面對帳本裡，日漸縮水的數字，變得神經質。

天兵被迫獨自面對全新的環境。

聽不懂的對話、搞不懂的課業，全部攪和在一起。天兵只記得他拿著書、文具，在一間又一間的教室間來回跑著，像是籠中的天竺鼠在轉輪上奔跑。一直跑、一直跑——

「其實我滿懷念在臺灣，那種坐在教室等老師來的感覺。」天兵說。

「會嗎？」廖進良忍不住開口，「我倒覺得美國那種自由的風氣不錯。」

在廖進良的記憶裡，格局方正的教室無疑是座牢籠。在學校裡，老師與教官的話是絕對的，所有的特立獨行在他們眼裡都是汙衊師長。廖進良稜稜角角的靈魂在十幾年的教育裡，已經被處罰、辱罵磨得平整。至少是不細看，就無法發現的程度。

「至少不會因為說了什麼就被藤條打。」廖進良說。

「那是你想得太美好了。就算不會被處罰，但還是會被人排擠。」天兵搖了搖頭，「就像我爸，他考過醫師執照時，已經四十六歲。在餐桌上，他一直說自己被下屬瞧不起。」

「是喔。」

廖進良瞇著眼，打量冉冉上升的灰煙。

「我還以為你這人很叛逆。」廖進良說。

「有嗎？」天兵說。

「幹，廢話。你根本沒把軍中的規矩或是管教放在眼裡吧。」廖進良說。

「我那樣才不叫叛逆呢。我只是對的就做，不對的就不做。」天兵說：「我大學室友約翰才是真的叛逆。」

「比你還怪？」

「我才不怪呢。」天兵說：「這麼說來，約翰也是讓我想回臺灣生活的人。」

「約翰他呀，是個白人，和我同年，是我藝術大學時的室友。他留著長髮、蓄著濃密的大鬍，總是穿又紅又綠的寬鬆襯衫。」

「我們宿舍內的每個角落都被他掛滿反戰、反壟斷的布條、旗幟。那幾年我都覺得自己是在抗議現場生活。更誇張的是，每到週末夜晚，一群人會擠進我們的宿舍，在裡頭抽大麻菸捲，在裡頭又是唱歌又是討論摸不著邊際的話題。」

「還真是典型的嬉皮。」廖進良說。

「對呀。」天兵說：「但約翰和一般的嬉皮又有點不一樣。」

「他認為人應該要回到農耕時代，拋棄那些工業的製品，親自在農地裡工作，食用田地的收穫。他也不管校方的態度，自己就在宿舍旁的空地種起黃瓜、番茄之類的。」

「但是他真的很沒有料理的天分。每次做醃製蔬菜，他都會把廚房搞得一塌糊塗。」

天兵嘆了一口氣。

「然而，就在約翰升上大學四年級，一切都改變了。」天兵說：「約翰剃掉留了多年的長髮與鬍子，甚至開始穿起白襯衫、西裝褲。就連原本對繪畫技巧不感興趣的他，也開始問我相關的問題。」

「說老實話，我那時真的完全不能理解。我甚至還直接地問他，是不是因為家人過世才有這麼大的轉變。」

「難道不是嗎？」廖進良問。

「不是，約翰只是跟我說：『沒辦法，要開始找工作了呀。』」天兵說：「他想在紐約找一份廣告設計的職務。」

「這也是沒辦法的吧。」廖進良說：「人總是要養活自己。」

「對呀，但這對我的影響很大。」天兵說：「原來這麼率性的人，還是得遵循著既定的路線。」

「覺得諷刺？」

天兵搖了搖頭。

「沒有，我只是覺得找到自己的路，才是最幸福的一件事。」

「那時我就在想，我自己的人生到底出了什麼問題，為什麼總是覺得不踏實。」天兵說：「後來，我終於想通了。在其他人眼中我就只是個亞洲來的小矮子，不是他們口中的美國人。生活習慣、想法也與他們不同。對，我的本質就是個Chinese，美國不是我的歸屬。」

「所以我才回來服兵役。」天兵說：「這不僅是我的義務，也是我的歸屬。」

廖進良捻熄了菸。

「難道人就不能選擇嗎？」廖進良說。

就像天兵跟班長說出實話而被罰跑幾圈，反抗必然伴隨處罰。但那是因為人們「不想」受罰而遵守規則，而不是我們「無法」反抗。若是真如天兵所說，每個人都有一條該走的路，那麼人類還有什麼能夠選擇？

「那你說的選擇又是什麼？」天兵說。

「啊不就選擇工作、選擇想要的生活方式，選擇自己愛的人嗎？」

「那我問你，如果沒有其他外力介入，腦袋又沒出問題的話，你一定會選你最喜歡的吧。」

「如果沒有其他考量的話。」

「那麼，這樣和沒有選擇又有什麼差別？」

廖進良眨了眨眼，一時間不知道該怎麼回答。他想念起手中有菸的踏實感，又替自己點了一根。

「但還是有別的規則。」廖進良深吸一口氣，讓菸裡的尼古丁擴散至肺中，「這世界就是會有其他人逼你照他的規矩來做事……」

「對，你說的對，這世界就是有太多規矩。」

天兵扶著廁所的牆，站起身來。儘管走起路來還有點搖晃、臉上還沾著點嘔吐物，天兵終究是走到廖進良旁，坐了下來。

「但我覺得大家都想得太複雜，根據那個叫什麼，馬斯洛？人需要的就是那幾個，食物、安全和歸屬。」天兵說：「如果沒有這麼多規則，這社會應該會變得更好吧？」

「但有些規則就是無法過度簡化吧？」

廖進良拿著菸在空中比劃。儘管他也討厭這歪曲的制度，但他覺得制度是個必要之惡——又或者只是不願意承認自己的臣服而已。

「舉例來說好了，像是徵兵、動員、備戰，不靠複雜的制度很難運行吧。如果沒有規則，那群老班長能完成事情嗎？」

「對，你說得對。」天兵說：「但老兵欺負新兵的傳統真的有必要嗎？被羞辱又不會讓槍射得比較準，又不能在砲彈砸下來時能多活幾分鐘。然後大魚靠著當伙委撈好處，我們中又有哪個人吃到雞腿？」

菸頭上的火光在黑暗中停了下來。

「我跟你說，人又不是上帝，自己建構一堆規則，肯定會有沒想清楚的。這些規則全部攪成一團就會產生扭曲的社會。」

「這些不合理的規矩，不知道壓迫多少人。」天兵接著說。

「就像你說的水鬼故事一樣，肯定也是被人編出來的。」

天兵的話冷冷的，沿著菸上的火光爬上了廖進良的手，掐住他的喉。

若是平常，廖進良在聽到別人質疑自己說的故事，早就翻起白眼，惱怒地結束話題。然而他什麼都沒說，只是把菸遞過去。

天兵學人把菸叼著，湊近廖進良的打火機。廖進良這時才看清楚他。他蒼白的面容被火光照得通紅，而他一雙黑中帶著棕色的瞳孔也映著什麼。外人看來或許是偏執，但對他而言，不過是順從自身的理性。

天兵才剛吸了一口，便咳得把菸給吐了出來。

等到他不咳，廖進良這才開口。

「你說水鬼的故事怎麼了？」

「就像我之前說的，人類需要的就是食物、安全和歸屬。如果從這角度來看，水鬼的核心概念就是對溺死的恐懼。而水鬼的傳說就是一個禁忌，要聽過這故事的人不要接近水邊，以免發生意外。」天兵說。

廖進良搖頭。他吐出的白煙，如絲如網，繚繞在兩人身旁。

「還有抓交替的概念——水鬼如果不抓其他人，就無法超生。」廖進良說：「這又該怎麼說？」

「嚇唬其他人呀。」天兵聳了聳肩，「以前的人就是覺得不恐嚇一下，大家就都會去玩水，然後溺死。」

廖進良嘆了一口氣。

天兵因為沒辦法見到水鬼，所以他的說法全是建立在水鬼本身是假的上，而廖進良卻是真切地知道水鬼的存在。

但也正因為如此，天兵比廖進良看得更加透澈。

是的，或許水鬼抓交替就像是軍隊裡的規矩，用一堆狗屁歪理包裝一個簡單的目標，為的就是讓人服從而已。

廖進良想起莊伯的話，絕對不要害怕那些水鬼，也不要怨恨他們。直到最近，他才開始明白這句話。

「唉，就像你說的，大家都是受害者。」廖進良嘆了一口氣：「水鬼也是這扭曲制度下的犧牲者……」

「你在說什麼？」天兵說：「祂們就只是個殺人鬼。」

天兵表情嚴肅。

「殺人就是殺人，就算有苦衷也改變不了這事實。」

「但祂們也是被逼的。」廖進良說。

「我這麼說好了，如果水鬼傳說成功地警告大家，之後就沒有任何人被溺死，那祂永世不得超生是真的滿可憐的，畢竟就只是個意外。」天兵說。

「但之後誕生的水鬼，可就不是這樣。祂們的死是之前的水鬼害的，要恨也要恨把祂拖下水的水鬼，而不是針對其他活著的人吧？」

「這就像是被學長惡整，不能合理化惡整學弟的行為。」

天兵話說得酸，只見他把手中的菸擲得老遠。火光在黑夜裡劃出一道拋物線，落進不遠處的草叢裡。

「在美國，這就是犯罪，是會被起訴的。」天兵說。

然而，這裡是臺灣，廖進良心想。

「祂們就算殺了人也不會有人怪罪，倒不如說是被鼓勵殺人。」廖進良露出苦笑。

晚風拂過，灰煙從草叢間漫出。煙沒有如往常般冉冉上升，而是凝結在葉子上，像是霧，又像是緩緩流動的水面。廖進良看見紅光從水面下射出，順著光源看去——不是當年的阿堯，而是一個可憎的面容。

祂的皮膚因長時間浸泡而變得腫脹，嘴裡盡是因牙齦萎縮而搖搖欲墜的黃牙，雙眼裡布滿血絲，彷彿眼球全被染紅。祂的手粗且長，緊緊地抓住廖進良的腳踝，就要將他拉進那片似霧、似水的灰煙裡。

廖進良的眼瞇成一條線。眼前的灰煙逐漸漲起，淹過廖進良的肩膀、頭頂。悲傷、同情、無奈的情緒灌進他的肺裡，他止住呼吸。

「那我又該怎麼做呢……」

廖進良直視阿堯的雙眼。

無論他做什麼，也無法阻止豔紅的汙水從岸邊埋設的暗管排進溪水，醫師手中的鋼筆依然會在病歷表上寫下生死的判決。

「反抗呀！」

「反抗水鬼！」

「也要反抗一切的元凶！」

阿堯的臉緊貼著廖進良，兩手掐住他的脖子，無聲的呢喃在廖進良的耳邊響起。

——事情會到這地步，也是因為你見死不救。說到底，你也是這交替輪迴的幫凶。

「如果不反抗，錯誤的事就會一再發生，最後變成正確。」

天兵的話重重地敲擊廖進良的思緒，也狠狠地撞向阿堯。

那瞬間，廖進良的額頭猛撞阿堯，阿堯的頭硬生生地被撞碎，碎塊噴濺，濺在廖進良的側臉、眼裡，滲進他的瞳孔、血管、視神經。

在阿堯的身後站著一個黑影，黑影正對阿堯與廖進良竊笑。

一股惡心感卡在廖進良喉間。

他不想要再被人掌控自己命運。

他不想再看到摧毀他幸福的傢伙，假裝自己只是個受害者——

廖進良張開嘴。

「反抗是嗎……」

廖進良咬下阿堯剩下的半張臉。阿堯的表情驚愕，一隻眼還盯著廖進良。只見他的牙咬住腐肉，嘴裡滿是血腥的苦澀，胃酸順著喉嚨一湧而上，但他硬是吞下。

廖進良一口接著一口，從臉頰吃到頸部、身軀、四肢，直到舔乾地上最後的血漬。廖進良的眼前除了一片鮮紅外，什麼也不剩。

唯一殘留是廖進良咬著嘴唇的疼痛，與口腔裡的血腥。

廖進良對後頭的黑影露出笑容，啪嗒，虎牙尖端滴下血珠。

「志杰，謝啦。」

沉默許久，廖進良終於開口。

那是廖進良第一次稱呼天兵的本名，也是退伍前的最後一次。

在那之後，林威豪與廖進良等人順利退伍。

七

退伍，對於廣大的役男來說，就好比出獄一樣，在裡頭的每一分鐘都像是煎熬。但對於廖進良來說，退伍的體驗更像是死而復生。在他走出營區的剎那，閉鎖的情感重新舒展，乾涸的思緒再度濕潤，千頭萬緒全擠在腦中。但廖進良還需要一些時間習慣這一切的變化。

廖進良最先要面對的還是蕭怡萱的病情。

當他抵達臺北的醫院，蕭怡萱正戴著呼吸面罩躺在病床，一旁的生理監視器發出規律的聲響。蕭怡萱的身旁還坐著她年邁的母親。她母親不怎麼說話，一雙眼和院裡的空調一樣冰冷。廖進良只能坐得遠遠的，有意無意地躲避她母親的視線。

頭幾天廖進良還會想，在部隊裡儘管沒有自己的聲音，但每個人都被撕下了標籤，行為被統一在名為命令的秩序之下。不需要選擇，也不需要擔心選擇的後果。

相較之下，軍營外的社會卻是螫人的。形形色色的面貌成了稜稜角角，身在其中，免不了產生摩擦、傷害。人們用身上的標籤來判斷價值，農家子弟、剛退伍、沒有工作，還沒說上話，在他人心中的評價就已經跌到負值。

折騰了幾天，廖進良這才開始習慣外頭的世界，也終於能將心思放在蕭怡萱的身上。然而，廖進良也只能趁著蕭怡萱的家人暫時離開，才能挨到她的身旁。她的面容憔悴而蒼白，連睜開眼的力氣都沒有。而她還清醒的唯一證明，只剩下喉間迴盪著呻吟時的震動。

廖進良能做的不多。

他只能在她家人在時，偷個空買些日用品，或去大龍峒的保安宮求蕭怡萱的病情好轉，要不然就是坐在病房躺椅，握著蕭怡萱冰冷的手，從那死白的牆面上尋找那雙潛伏的紅眼。

然而當自己主動尋找，那詭異的紅眼卻再也沒有出現過。

「人心也會造就妖怪。」

廖進良還記得莊伯的話。

他的手緊緊握住，讓還沒來得及修剪的指甲刺進掌心的肉裡，用疼痛麻痺自己的焦慮。廖進良深吸一口氣。

無論承不承認，廖進良知道自己必須得做個了結，面對一切的源頭，回到阿堯出意外的那條溪。

這讓廖進良煎熬了許久，等他從臺北離開也已經是退伍後的兩個禮拜。

廖進良一早就搭上開往彰化的首班自強號，離開那被一片灰濛籠罩的臺北盆地。當他踏出車站，便被豔陽曬得睜不開眼。那天彰化天氣很好，抬頭一片蔚藍，不像臺北的上空總積著厚重的烏雲。他在正門等了五分鐘，聽到遠處傳來叭叭兩聲，一臺白色的奧迪Quattro的車窗降了下來。

身穿西裝的林威豪探出頭來，向廖進良揮手。

「上來吧。」林威豪說。

廖進良把簡單的行李放上後車廂，坐上林威豪旁的前座。他才準備繫上安全帶，便被阻止。

「沒人在繫啦。」林威豪說。

廖進良點頭，沒說什麼。

林威豪的車整理得相當乾淨，後照鏡的桿子上還綁了一串玉蘭花。玉蘭花還很新鮮，顯然是今天買的。才剛上車，廖進良便聞到玉蘭花濃郁的香氣，以及新車特有的皮革味。

廖進良坐不習慣皮椅，喬了幾次還是覺得有些不適。而林威豪也沒有催促，只是用手指輕敲排檔桿。等到廖進良終於坐定，林威豪猛地踩下油門。

引擎的運轉聲很快地轉變成加速度的衝擊，硬是將廖進良壓在座椅。轉眼間，火車站方正的建築體便在後照鏡中遠去，兩旁的房屋也成了一道道閃影，還沒意識到便已從視線溜走。
「你馬子還好嗎？」林威豪突然開口。
「還可以，病情似乎是穩定下來。」
「如果有需要的話，你隨時跟我說。」林威豪沒有看他，只是專注地控住方向盤。
廖進良勉強擠出微笑。
那時的空調開得很強，冷風猶如瀑布般從出風口傾瀉而下，就連兩人交談時都能聽見馬達的運轉聲。寒意很快地就積在腳部，從下而上地浸透全身。
「你真的準備好了嗎？」林威豪說：「如果做不來也不用勉強。」
「沒關係，已經準備好了……」廖進良閉上眼。

從那一天起就有心理準備了，廖進良心想，他的思緒悄悄地爬進過去。

那是在與天兵聊過的隔天，廖進良趁著晚飯後的空檔找上林威豪。

林威豪坐在眾人的中間，悠然地在對話間徘徊、插話。廖進良藉故把他拉到一旁。他還記得當時天氣悶熱，自己心跳跳得飛快。

「你想要去看水鬼嗎？」

面對廖進良直白的邀約，林威豪叼著菸，愣了一會。

「我先說，這不是拒絕。」林威豪說：「但之前我說想去看，你不是阻止我嗎？現在怎麼又找我去了呢？」

「我想去和水鬼做個了斷。」

廖進良咬著唇。

「我女友被水鬼給纏上……」廖進良說：「她被醫生診斷出有癌症，

現在情況不太樂觀。」

廖進良沒有天真的認為別人懂得他的痛苦、他的瘋狂。看見蕭怡萱的蒼白與落到地上的鮮血，他的心頭宛如刀割，彷彿那灘暗紅的血全是自己流下的。

廖進良痛恨那該死的水鬼，恨祂擅自將蕭怡萱從自己的身邊帶離，恨不得當下就和祂做個了斷。他的雙手緊握，身體無法控制地顫抖著。非得要深呼吸個幾次才能壓下他的情緒。

他心裡明白，若是其他人聽到這般怪力亂神的鬼話，要不是當作玩笑，就是覺得說話的人已經瘋了。

然而，林威豪不一樣。

「我可幫不上忙。」林威豪抖了抖菸灰，「我不像你有陰陽眼，什麼都看不到。」

「你來就夠了。」廖進良說：「莊伯跟我說過，那些人生順遂，家族裡還有親戚當官的人，他們天生八字重，容易招來正氣，能夠剋住妖魔鬼怪……」

林威豪當然明白廖進良說的正是自己。只見他嘆了一口氣，把菸給捻熄。

「什麼時候？」

「退伍後的第二週？」廖進良說：「我會先到臺北處理些事情。」

「好，那我去彰化開車接你。」

廖進良到現在都還記得那時林威豪的笑容，自信不帶一絲虛假。而他的臂膀依舊有力，猛地拍向廖進良的肩膀，彷彿將全身的勇氣都給灌了進去。在這冷氣開到最強的車裡，廖進良還能感受到肩膀當時的熱度——

「話說，那隻水鬼有那麼厲害？」

林威豪的話把廖進良從回憶中拉了回來。

「不是只要不靠近水邊就沒事了嗎？」

「沒這麼簡單。以前當王爺乩身的莊伯就跟我提過，水鬼也會向人索命，讓人不自覺地往水邊走。」廖進良沉思一會，「說老實話，水鬼也只不過是一個統稱。大家會把水邊遇到的鬼呀、精怪都說是水鬼。」

「看樣子比想像中麻煩呢……」

「想回去了嗎？」廖進良故意激他，「可以載我到那就好。」

「幹，你也太小看我了吧。」林威豪說。

廖進良鬆了一口氣。廖進良是知道林威豪的個性。他這人答應過的事很少會放棄，尤其面對朋友的請求，要他拿刀與人幹架，林威豪眉頭也不會皺一下。

廖進良當初會拜託林威豪，或許也是看準了這一點。

「對了，那你有準備什麼方法對付祂嗎？」林威豪問道。

「我有去臺北的大廟求些平安符。」廖進良說：「也有擲筊向神明確認。」

「結果還行嗎？」

廖進良聳了聳肩。

他曾在保安宮問過保生大帝，也跑過行天宮、龍山寺等大廟。但無論怎麼問求出來的結果也都是笑筊。

「雖然沒有給答覆。」廖進良說得含蓄，「但也代表還有機會。」

「那就好。」林威豪笑道。

只見林威豪一個左轉，眼前的視線頓時變得寬敞，就好像水流從渠道匯入溪河，原本阻塞的情緒得到了舒緩。

才剛遠離市區，收音機收訊就差了些，但勉強還是能聽得懂一些。播報員似乎是說，「蔣總統經國先生，接受《時代雜誌》訪問時表示，會保護憲法和維護民主法治，並未曾考慮下任國家元首由蔣家人擔任。」

林威豪關掉收音機，隨手把一捲錄音帶放進插槽，按下播放。隨著錄音帶轉軸的旋轉，麥可．傑克森的'Billie Jean'迴盪在密閉的車內。

林威豪真的很喜歡麥可．傑克森，廖進良心想。他在營裡也會和人講述麥可．傑克森的新歌是如何，有時也會戴上鋼盔，把它壓得低低的，腳尖定在地板往後退，模仿起招牌的月球漫步，然後來一個帥氣的轉身。

他就像一顆恆星，被群星所包圍。所有人的臉孔在高速迴旋裡變得模糊，與環境融成一體，失去了特殊性。

確實，廖進良嫉妒著林威豪。

在圓圈中心的他，可以恣意地影響別人的人生。就像大魚，全憑他的想法，就決定了他的命運，而林威豪不需要為別人的結局負責。

儘管如此，林威豪也和廖進良一樣，也被壓得無法動彈。

「你覺得未來會怎麼樣？」

廖進良突然開口。

這是他第一次主動開啟話題。若是過往的閒聊，林威豪總是一個話題接著一個話題，廖進良只需要適時回應就好。

林威豪似乎是沒注意到這個反差，在方向盤上打著節奏，嘴裡輕哼著

'Billie Jean'的歌詞——Who will dance on the floor in the round。

「哪一方面？」

「你家的生意？」廖進良說。

「應該不會有差吧。」

「怎麼說？」廖進良問：「如果接下來總統不是蔣家人，臺灣應該會比較自由吧。或許你之後還能從政，讓你家的事業變得更大？」

「從政嗎，感覺是個滿誘人的一條路。」林威豪說：「但我又沒有能靠的後臺，怎麼混。」

「商人不行嗎？」

「哎呀，你不懂啦。」林威豪說：「蔣總統會說這些話，還不是因為迫於雷根的壓力，不得已做出的讓步，給美國做做面子。說到底，這件事的起因不就是因為江南案，讓美國丟盡顏面，才不是因為他們口中的自由、民主。」

廖進良點頭。

那是去年年底發生的事情。歸化成美國公民的作家劉宜良，筆名江南，因為撰寫《蔣經國傳》，揭露蔣家與國民黨內部的派系鬥爭，被政府給盯上。情報局為此派竹聯幫分子前往舊金山，朝劉宜良連開數槍。劉宜良當場死亡。

這件事情讓美國政界感到震驚，他們沒想到美國公民竟然會在美國境內，被一個太平洋小島上的政權給派人殺害。為了表達抗議，或是做出一定的反制，美國外交委員會提出了「臺灣應該全面實施民主」決議案，要求政府放棄權力。

「所以說，只要風頭一過，美國人還是會睜一隻眼、閉一隻眼，政府的權力還是會掌握在國民黨的高層手上。體制什麼的還是一樣。」林威豪想了一下說：「或許我家的狀況還會更糟呢。」

「這又怎麼說？」

「你看嘛，雖然權力還是掌握在那群人手上，但一般民眾可是不會知道這件事。」林威豪說：「他們只會覺得既然民主了，那麼就要加薪，要求更好的待遇。」

廖進良聳了聳肩。

「有錢大家賺，不是挺好的嗎？」

「但這就是問題。」林威豪嘆了一口氣，「我剛接工廠的經理，這才發現很多事情比想像的麻煩。錢是能賺沒錯，但外國人也是看我們東西便宜才買的。如果遇到什麼風浪，不只賠錢，可能還會破產呢。」

「你確實有說過。」

「所以才說這是一個兩難。」林威豪說；「如果體制改變，難保政府不會動盪，給了共匪可趁之機。讓好不容易才生存下來的中小企業，全部死光。」

「體制不變，底層還是一樣慘，如果體制改了，又會讓企業倒閉。」廖進良說：「照你這樣說，當員工的不就沒有出頭的一天？」

「你還是一樣會挑我毛病。」

林威豪苦笑。

「說老實話，所謂的階級本來就是很難改變，而且人與人之間也不是真正平等。」林威豪說：「總不可能人人都有錢幸福吧。你看，如果部隊裡每個都是將軍，那誰來做兵，誰到最前線呀。」

「這倒是。」

在後照鏡裡，廖進良發現自己露出淺淺的微笑，以及躲在他身影後面的紅色雙眼。廖進良沒有轉頭確認。因為他知道已經離那條溪不遠了。

他終於能將一切做個了斷。

八

「這邊停就好。」

在廖進良的指示下，林威豪將奧迪緩緩地停在溪旁的橋邊。

廖進良小心翼翼地打開車門，以免撞到石橋的護欄。在他的記憶裡，父親滿布厚繭的手緊握他的小手，牽著他從派出所回家時，廖進良不曾擔心下方湍急的溪水。沒想到當時的寬敞、安穩，如今卻被一臺車給占滿，變得狹窄不堪。下方溪水豔麗的汙濁與刺鼻的氣味，也在開門的瞬間，就朝著他們逼來。

廖進良領著林威豪來到橋邊的小徑。

昨晚似乎下了一場大雨，球鞋才剛踩上土壤就滲出水來，一不留意就會順著泥水滑下。他們兩人只能彎著腰抓住高過膝蓋的雜草，一步步地走下河床。

然而河床也不好行走。因為下過雨的關係，碎石子顯得潮濕，而一旁的溪水也漲了不少，原本可供踩踏的矮石全被黃褐色中帶點橘紅的泥水給淹過。波浪的漲退間，還能見到石頭表面殘留的七彩油漬。

廖進良脫下鞋子，一步步朝著溪裡走去。

所幸，廖進良的身手並沒有因為在軍隊就有所忘卻。他的腳底彷彿是長了眼睛，只要輕輕一踏便能確認哪裡不穩固、哪裡的青苔容易滑倒。看似隨興地走跳間，廖進良就已經躍過一個又一個浮出水面的石塊。沒過多久，他就來到溪的中央，跳進水裡。

廖進良回頭望向林威豪。儘管他走起來稱不上順暢，甚至還有一些狼狽，但沿著自己先前落腳的位置，很快地也抵達溪流中央，那塊廖進良旁邊的石頭上。

廖進良想起來，這座石頭是當年他和阿堯一起跳水的地方。現在經歷的一切，幾乎和當時一樣反常。

如果當時是自己多往前一步，或是沒有向後倒去，一切會不會因此改變？

如果在這邊妥協，是不是水鬼就能因此得到救贖呢？

廖進良瞇著眼看向遠處的阿堯。

不會的，廖進良明白，就算此刻姑息，只會不斷地有犧牲者誕生。現實隔著無數亡靈織成的簾幕，看起來是如此的縹緲、柔和，讓人忘卻姑息的殘酷。

就算站在溪流的中央，廖進良也聽不見水流聲。

時間在這濕熱的黏稠空氣裡停滯，而神明彷彿以觀賞標本的心態在這時空的片段打上光線，耀眼光芒反射著色彩豔麗的水面，廖進良的視線被徹底染紅。

而廖進良的身形映在水面，本該是眼窩的部位，此時正綻放著鮮紅的凶光。

「水鬼在嗎？」

林威豪的聲音聽來模糊。

「在，你往前一點就能看到。」

只見林威豪往前走了幾步，仍沒看到，甚至彎著腰前傾，半截身體露在石頭外。林威豪的身體擋住陽光，一時間身影變得模糊，彷彿離廖進良好遠好遠。

林威豪就好像站在高處，無論廖進良怎麼伸手也搆不到。

那時，明明沒有風，平靜的水面卻濺起漣漪，從橋墩慢慢靠近。就在阿堯離他們倆只剩不到十公尺時，廖進良伸出手。

廖進良的心臟跳得飛快，但依舊保持冷靜。

林威豪絲毫沒有意識到廖進良所謂的八字重、帶有正氣只是謊言。

廖進良為的就是讓林威豪站在這個位置。

啪。

他抓住林威豪的腳，一把將他拉下。

林威豪踩在青苔上的皮鞋鞋底失去了摩擦力，身體向後傾斜。林威豪跌落巨石，撲通一聲，落進汙濁的溪裡。

那一刻，林威豪終於從遙不可及的高處，落到了這殘酷的泥淖裡。

「救、救命！」

林威豪的頭才剛探出水面，又沉了下去。他試著呼喚廖進良求救，然而當他看見廖進良的表情，他徹底地絕望。

廖進良的表情沒有一絲慌張。

他一步步走近，就好像行走在水田，等著割下那飽滿的稻穗——

廖進良不知有多久沒有見到父親抱起一綑剛割下的稻穗，張著缺門牙的嘴，露出笑容。

電鍍廠廢水的豔麗色彩汙染腳下的溪水，在水車的牽引下，流進廖家賴以維生的水田。本該結滿穗的水稻變得稀疏，綠葉也成了枯黃的模樣。

「你那個住桃園觀音的大伯被環保局的人找上門。」廖進良老父親的聲音虛弱且沙啞，「好像是稻子被化工廠排出來的東西給汙染。」

老父親沒念過多少書，電話那頭傳來的鎘呀、重金屬什麼的都聽不懂，他只知道工廠排出來的歹物會讓稻子變得有毒，會被環保局拿去燒毀。

他長嘆一口氣，但他微弱的氣息卻顯得斷斷續續。就像是臺老舊的馬達，氣還沒打出管線，就已經洩了一半。聞著空氣中的酸腐，老父親就算不懂，心裡大概也有了底。

「阿良，你就在臺北找個體面的工作……」

廖進良想靜靜地等著阿堯靠近，讓林威豪的死成為祂解脫的祭品。

然而，事與願違。

剎那間天翻地覆，廖進良眼前快速翻轉。他的腿猛地被什麼東西抓住，硬是被拖進水裡。

一雙粗壯的手掐住廖進良的喉嚨，將他壓進水裡。林威豪全身濕透，黑色的頭髮凌亂、像是海藻般地黏在皮膚，他那雙大眼則因為碰水而變得通紅。那個一直尾隨在廖進良身後的「水鬼」，如今也成了林威豪的影子，露著鮮紅的凶光。

為什麼要這麼做！

林威豪的眼神無聲地控訴著廖進良。

哈——

廖進良張口想笑，卻灌進更多的水，胸腔喉嚨被嗆得發燙，反倒連一句話也說不出來。

那個與「抓交替」無緣，彷彿可以決定自身命運的林威豪，如今也落入這交替的循環裡。

幹，林威豪總是裝出害人也是身不由己的假象，實際上他一直能夠選擇。

廖進良從來就不明白，難道承認錯誤就會身敗名裂？難道補償罹癌的員工，電鍍廠就會因此倒閉？難道電鍍廠倒閉，就會讓大片祖產消失，流落街頭嗎？

不是，他只是不想弄髒自己的手，旁觀眼前的「抓交替」。

他只是在高處，把窮苦人的苦難當作趣聞。

林威豪就是個該死的卑鄙小人。

廖進良不可能忘記，蕭怡萱在醫院診間時的憔悴。

「妳這裡有顆腫瘤。」

穿白袍的醫師拿著X光的照片，用紅筆在左側肺葉的一角畫圈。那線紅條又細又長，像個繩索將廖進良與蕭怡萱的脖子勒住，滲出鮮血。

「三十三歲呀，這個年紀有腫瘤並不常見。」醫師說：「有抽菸的習慣嗎？」

「沒有。」

「職業呢？」

「是在電鍍廠工作。」

醫師的紅筆在桌上輕敲兩下，叩、叩兩聲。

「這可能就是原因。」醫師說：「長時間接觸化學藥劑，確實可能誘發腫瘤。」

在廖進良認識蕭怡萱時，她二十五歲，就已經在林威豪家開的電鍍廠工作五年。儘管蕭怡萱很少提起工作的事，但在廖進良的記憶裡，她總是準時的出現在早餐店，傍晚也沒提早出現在車站，日復一日，未曾聽她抱怨過。

然而，蕭怡萱將大半的人生全奉獻在電鍍廠，得到的結局卻是殘酷的。

「我跟主管提了癌症的事，結果被開除了呢。」

蕭怡萱的臉上沒有怨懟，有的只是無奈。

「要不要去和老闆抗議一下？」

當時的廖進良還天真地以為自己與林威豪的關係，可以讓事情獲得轉機。

「豪哥人不錯，他爸應該會負責的。」

在廖進良的建議下，蕭怡萱和幾名老員工試著找電鍍廠的老闆談談。但林威豪的父親怎麼也不肯出面，還命警衛把他們幾人趕走。

這一趕可好，林威豪的父親徹底惹怒了蕭怡萱與資深的老員工們。他們學著電視裡黨外人士的方法，拿著布條在電鍍廠的鐵門前抗議，用大聲公控訴著電鍍廠老闆的漠不關心。這一鬧，鬧到警察前來關切，鄉里的人也知道了林家的醜事。

林家苦心經營的形象全給他們毀了。

「他們拿著一張診斷書，上面也沒寫是因為接觸什麼東西引發癌症，這就要我們賠錢，未免也欺人太甚了吧！」

「那些人獅子大開口，不給他們一點教訓是不會收手的。」

「我寫了存證信函，寄到那些人的家裡，要他們為詆毀我家的名聲負責。」

林威豪拍了拍廖進良的肩膀。

而廖進良得為自己的天真贖罪。

「我女兒沒工作就算了，資遣費的錢都不夠負擔醫藥費，現在還被告……你們年紀差這麼大，你又沒工作是能娶她嗎？」蕭怡萱的母親一臉嫌棄地說。

「那個蕭小姐年紀比你大，身體又不好……」廖進良的老父親說：

「阿良呀，你去臺北找個體面的工作，還怕討不到老婆嗎？」

林威豪手指壓迫的力道漸漸增強，最後的一口氣就這麼卡在廖進良的喉間。

此時，水面上的黑色身影伸手抓向林威豪的倒影。同時，林威豪的手也扼住廖進良的脖子。兩者的身影已然重疊，分不清彼此。林威豪被黑色的身影爬上，從雙手開始，順著血管逐漸延伸至全身，而那黑影的頭部也完美地映照出林威豪的面容。

「你就殺了我吧……」

廖進良擠出最後的話語。

只要殺了我，你就別想從殺人的官司中逃脫，而你們林家為了挽救名聲，蕭怡萱的官司會被取消，罹癌的補償也會有了著落。

如果阿堯快一點的話，自己的死或許也能讓祂從無盡的痛苦中解脫。

而自己將會成為新的水鬼，永遠地糾纏你，廖進良心想。

林威豪憤怒的面容逐漸模糊，廖進良身上的疼痛也漸漸淡去。

就在他的意識消失前，奇異的聲音在他耳邊響起。

撲通——

廖進良墜入深沉的黑暗。

九

廖進良漸漸下沉。

他的喉間卡著惡臭的濁水，肺部彷彿正在燃燒。灼燒感隨著氣息蔓延在他逐漸冰冷的身軀之中。而他的四肢猶如浮腫般地沉重，就連動一根手指都覺得費力。

傳說，被水鬼溺死的人，將會重複溺死的過程與折磨，直到將另一個人拖入水中為止。廖進良或許也在經歷這過程。

說老實話，他不確定自己成了水鬼，還是單純的鬼魂，又或許這兩者並沒有多大的差異。但這不是問題，他有無盡的時間能夠思考。

廖進良心裡也明白，對林威豪的復仇終究只是自我滿足。

他所謂的「反抗」，也只不過是將林威豪拉進「交替」的輪迴裡，交替本身沒有受到一絲損害。

但這也沒辦法。

在暴力與壓迫中掙扎的廖進良，就只懂得這個方法。

或許在不同的條件下，廖進良能想出更好的辦法。然而，這些如今也沒有意義，廖進良注定只能持續下沉。

直到四周的黑暗被染成一片赤紅——

撲通。

他睜開雙眼，天空已經被染成一片赤紅。廖進良順著聲音望去，只見一雙眼正盯著他。

那雙眼的主人有著童稚的臉龐。他纖瘦的身軀赤裸著，說不上高，只到廖進良的肩膀，但廖進良一眼就認出那是高個子阿堯。

啊，真是太好了。

阿堯露出笑容，沒有痛苦亦沒有恐懼，那是一種擺脫束縛才有的祥和。那瞬間，廖進良明白自己的死亡是有價值的，至少免除加諸在阿堯身上的苦難。

然而，隨著視線的往下，廖進良在阿堯的手腳上見到了蹼，而他的雙眼也比眼前的紅要來得深邃。

這讓廖進良產生了疑惑。阿堯沒有獲得解脫，祂依舊是個水鬼。

若是自己沒被阿堯抓交替，現在的自己又究竟是什麼？

此時的他才注意到自己倒在岸邊，手上、腳上的傷口隱隱作痛，那是在他被按入溪裡時被石子劃到所留下，上頭的血珠也還沒凝結。

廖進良全部都想起來了。

在林威豪準備扼死廖進良時，林威豪被一個半透明的身影給籠罩住。而那撲通聲，正是阿堯阻止林威豪時激起的水聲——

廖進良往旁邊一看，發現林威豪就倒在不遠處，胸口微微起伏，看來還有氣息。

啊，林威豪被阿堯敲昏，廖進良撿回一條命，事情就是這麼簡單。是阿堯救了他。

「為什麼？」

不知過了多久，廖進良的喉間才凝結出這麼一個問號。

「明明把我溺死，你就能得救……」

阿堯還是跟以前一樣，廖進良心想。

小時候的他就罩著自己，就連死後也沒找害死祂的自己報仇，只是獨自一人待在這條被汙染的溪流裡。每當自己遇到危險，總是祂第一個伸出援手。

廖進良忍著疼痛，緩緩站起身。

「你等一下。」

他一步步地踩在碎石上，每踩一步便多咳一聲，那幾步彷彿走了一輩子。

他無法想像日復一日地重複溺水的夢魘。對於廖進良來說，一次的經驗就足以讓他失去理智，被痛苦支配。如果這樣的日子要持續十年、一百年，甚至永遠，廖進良光是冒出這念頭，恐懼、無助就像一條細線勒住他。

因為過去的袖手旁觀，廖進良害得阿堯成為水鬼。

廖進良這次絕對不能背棄祂。

他終於來到林威豪的面前。

「我這就來救你。」

廖進良伸出手，準備將昏迷的林威豪拖入溪裡——

然而，阿堯透明的身軀擋在廖進良與林威豪的中間。

「把這人溺死，你就能得救。」廖進良說。

阿堯搖頭。

「他們家的電鍍廠就是把這條溪變成這副德性的元凶。」廖進良說。

廖進良也不知道是否是自己的話，對一個時間永遠凍結在童年的阿堯太過艱深。廖進良的話越講越快。

「他們家把自己不要的垃圾丟到溪裡，害大家都不敢來。」

「他傷害了我最重要的人、害了大家。」

「他做了這麼多壞事，卻把自己當成受害者，覺得自己什麼都沒錯！」

阿堯仍不為所動。

廖進良不懂阿堯為什麼要袒護林威豪。

是阿堯不懂林威豪的所作所為，又或者是阿堯還天真地相信人類的良善，認為每個人的性命都是重要的。

祂不明白，在祂眼前的就是一個卑劣的小人。

「你難道想一直在這鬼地方受苦嗎！」

廖進良近乎咆嘯地喊道。

然而，那瞬間，阿堯的眼神變了。祂瞇起那雙赤紅的眼，瞳孔裡燃起怒火——

廖進良的腹部感到一陣疼痛。往下一看，原來是阿堯朝他的肚子打了一拳。只見廖進良被阿堯的力量拉到了水邊，拉離林威豪。

廖進良不知道究竟發生了什麼事，只能任由祂拉著自己衣服的下襬，一步步地走回溪的中央。

「你是在做什麼！」

或許是聽到廖進良的話語，阿堯終於停下腳步。太陽的餘暉穿過祂半透明的身體，是如此炫目，讓廖進良閉上眼。

當他睜開眼，發現自己被帶到橋墩底下。

橋墩下堆了不少雜物，舊的雜誌、漫畫、卡帶與收音機，全部圍繞在一張破舊的躺椅旁。

廖進良往前走去，那些東西的表面意外地沒有太多破損。儘管雜誌封面被水浸過，但仍不影響閱讀。

廖進良隨手翻開，裡頭盡是懷念的文字——那是廖進良與蕭怡萱祭拜阿堯的供品。

原本他還以為，那些供品被人當作垃圾丟掉，又或是隨著暴雨被沖到下游，沒想到全被阿堯收了起來，放在橋墩下。

看著阿堯跳上躺椅，臉上洋溢著得意的神情，廖進良終於明白。

「你難道想一直在這鬼地方受苦嗎！」方才的話語戳痛了阿堯，貶低了阿堯所擁有的一切，又或者是阿堯在對做出這一切的自己抱不平。

哈，廖進良明明長嘆一口氣，笑聲卻不自覺地從喉中傳出。

阿堯壓根地就不在意抓交替，只是順著自己的意思，做自己想做的而已。祂不像廖進良，他對林威豪的復仇，或許就像籠子裡的螃蟹一樣，穩固了交替的本身。

相反的，阿堯的不在乎，給了這規則重重的一擊。阿堯跳脫了交替。

什麼嘛，原來這麼簡單嗎……

廖進良終於能夠放聲大笑。

他終於意識到，自己並不是沒有選擇。

要不是自己小時候像個瘋子似地阻止別人靠近水邊，現在的水鬼或許就是別的倒楣鬼。然而蕭怡萱仍會因為電鍍廠的化學藥劑罹癌，抓交替的悲劇也依舊存在，什麼也不會改變。

若是沒聽蕭怡萱的話，沒把自己和阿堯小時最喜歡的東西帶來，阿堯可能也無法撐住。

是的，就連決定向林威豪報復，也促使自己與阿堯的相認——眼淚在他的眼眶打轉。

此刻，他對林威豪的恨意依舊。然而，在體悟到自己的反抗終究能敲下一塊高牆的碎磚，廖進良竟然變得不想死。

廖進良不想因為林威豪賠上自己的人生。他想盡可能地抓住每一次反抗的機會，他想見證到高牆倒下的那一刻，報復這該死的社會。

廖進良抹去眼淚，抬頭望向天空。那是他第一次覺得夕陽與阿堯雙眼的赤色，是如此令人放心。

終

廖進良在踏入派出所前，或許是做了最壞的打算，他的心情意外地平靜。與其逃亡牽連蕭怡萱與老父親，倒不如主動自首，看能不能多少減刑，甚至還能反告林威豪殺人未遂。

廖進良走了進去，環顧四周。

和阿堯那次進來一樣，派出所依舊狹窄，但裡頭的電扇已經換成冷氣，沒有記憶中的炎熱。而當年嚴肅的所長已經不在，裡頭盡是生面孔。

「我要自首。」

壓縮機轟隆隆地運轉。警察有的泡茶，有的看報，沒人注意到廖進良。

「我要自首。」警察依舊沒有反應，廖進良這才說：「我把電鍍廠林家的大兒子拖入水裡，差點就要溺死他。」

這一講，警察才意識到這可是殺人未遂，趕緊將他銬上手銬。

警察緊張兮兮地打給林家確認，沒有接通就又再打一遍，折騰了二十分鐘，林家這才接了電話。然而出乎意料的是，林威豪的母親只說林威豪很好，人正在房裡休息。

「我們家威豪只是和朋友去玩水而已。」林威豪的母親說：「沒事的話，就不要再打擾我們。」

警察面面相覷，廖進良就這麼被放了回家，臨走前還被告誡不要惡作劇捉弄警察。

他曾想過，或許是林威豪也動了殺意，怕自己在法庭上反咬一口，才不敢張揚。然而無論林威豪是出於什麼原因，廖進良的人生並沒有因此改變，不過是回到了最初的狀態，甚至走得更加顛簸。

正如老父親的擔憂，水稻田被驗出含有高濃度的鎘，整年的收成全都被政府查封、燒毀。水稻田也被現場的人員用筆一畫，列成汙染場址，無法耕種，只能任其荒廢。政府的補償金，也只能勉強度日。而蕭怡萱的肺癌儘管暫時得到控制，龐大的醫藥費與官司仍壓得她與她的家人喘不過氣。

廖進良為了照顧蕭怡萱，找到臺北市一間事務所的會計職缺，每日便是在公司與醫院兩頭奔波。假日則是和老家附近的農民一起，向林家的工廠要求賠償。有時蕭怡萱也會撐著身體，一起和廖進良拿著大聲公發聲。

這是廖進良能做的反抗。

當然，矗立在廖進良前的高牆也沒這麼容易倒下。就算到了民國七十六年，政府解除戒嚴令，就如同林威豪所說的，一切都沒有改變。收入依然窘困、抗議仍會被警方強硬的驅離。

這或許就是自己下了殺意，所得到的報應吧，廖進良心想。

廖進良也不是沒有想要收手，和別人一樣不問這些紛紛擾擾，過好自己的生活。

只不過，當他又看見了赤色的雙眼，心中的不甘願又催促著他繼續往前。在新聞中。廖進良知道那赤眼黑影不是阿堯，而是某種發狂的執念。那赤眼黑色的身影，身穿迷彩服，一如既往地躲在軍隊裡。祂們攀附在禁閉室的外頭，用冷漠的雙眼看著被學長體罰的青年，竊笑聲迴盪在狹小的牢房之中。

這讓他想起了軍中的水鬼，以及天兵當年的話——但老兵欺負新兵的傳統真的有必要嗎？被羞辱又不會讓槍射得比較準，又不能在砲彈砸下來時能多活幾分鐘。

那身影無時無刻地提醒著扭曲始終沒有修正。

廖進良穿著白衣，走在人群，身旁的年輕人奮力嘶吼——還原真相，廢除軍檢。他一言不發，看著投射在景福門上的冤字。周遭每一次的高喊，都讓他回想起當年的壓抑。

他不想再經歷那個發狂的年代。

也因為如此，當熟人說起一個名為宇宙通元的新興宗教向政府施壓，竟用一紙公文就試圖將濕地保護區更改為宗教園區，他怎麼也忍不下去。

每次都市計畫委員會開會，廖進良都會到現場抗議。

二〇一四年的夏日午後。

都市計畫委員會的審議會還沒結束，市政府正門的大廳就已經擠滿了人，連廣場也有志工在發放星巴克咖啡，給等候的新聞記者，甚至連赤眼的黑影也在人群之中。祂們穿著西裝、戴著眼鏡，在人們的耳邊呼喊無法理解的雜音。

這樣的光景並不常見。這幾年濕地變更成宗教園區的會議，來的記者也不過幾個。今天會這麼多人，還不是這個變更案拖太久，逼得那個新興宗教的教主作為利害關係人，出席今天的會議。

畢竟作為席捲臺灣上流階級、知識分子的宇宙通元的領導人，教主始終籠罩著一層神祕的面紗。他幾乎不出席公開場合，除了自家經營的媒體外鮮少接受訪問，這無疑地勾起大眾的好奇心。各家電視臺無不派出人馬，打算揭開他的廬山真面目。而人一多，那些黑影也會出現。

當然，這些並不影響廖進良的準備工作。

雖然已經五十來歲，歲月將他的頭髮漂白，但廖進良的身體依舊結實。只見他一個人將布條、大聲公從小客車搬下，把東西分發給前來幫忙的大學生們。

廖進良的動作熟練，迅速地分配工作。不到一會，十來位大學生就已經拿好大字報、擺好隊伍。這些經驗全來自廖進良參與六輕建廠、中科四期、國光石化的抗議。

「反對濕地變更，拒絕宗教園區！」眾人齊聲大喊。

裡頭就屬廖進良喊得特別大力。他知道在警衛驅離前，他們能抗議的時間也就短短的幾分鐘。

然而，今天的狀況卻有些不同。

就在廖進良還專注在陳述訴求，市政府內已經傳出騷動。審議會還在進行，教主等人便先從會議室離開。正當一行人步下樓梯，準備前往記者會場地時，教主和一旁的隨從停下腳步。他們不動聲色地轉身，筆直地穿過大廳，走向廣場的廖進良。

叩、叩、叩，皮鞋聲步下市政府的階梯，就連赤眼的黑影也讓開一條路。

睽違三十年，廖進良與走下的兩人有了短暫的眼神交會。歲月在三個人臉上都留下了痕跡。

「好久不見。」林威豪說。

林威豪一襲黑色西裝，襯托他挺拔的身材，然而他的黑髮如今摻著幾搓銀白，雙頰也因為多年來的喝酒應酬變得鬆垮，往昔的傲氣也已經被磨得柔和。和當時的血氣方剛相比，現在更符合一般人對商人的印象。

林威豪打開長柄傘的扣環，西裝袖口露出一只鑲金的勞力士手錶。儘管廖進良不懂價格，但乍看之下也要個幾十萬。

廖進良上次見到林威豪是在法院的民事庭。廖進良坐在旁聽席與林威豪眼神相對。那時林威豪的神情憔悴，眼裡少了往日的銳利，眼神才剛相會就退了開來。聽村裡的長輩說，林威豪似乎是退伍後卡到陰，整天魂不守舍，說什麼有水鬼，連家族工作都做不下。廖進良沒想到林威豪今日的氣色與坊間說的不同。

「這幾年過得不錯？」廖進良試探地問。

「這也是託袁教主的福。」林威豪說：「以前和你看水鬼後，出了點毛病。後來信了宇宙通元，這才改善不少。」

廖進良閉上眼。

那個曾經讓世界繞著他旋轉的人，現在也成了圍繞著某人的小小衛星。廖進良過往的憎恨，也成了感慨。

啪的一聲，林威豪撐開黑傘，將它遞給一旁的教主。

「教主，這是和我們同梯的廖進良。」林威豪恭敬地說：「您還記得嗎？」

「當然。」教主說：「你們還叫我天兵呢。」

宇宙通元的教主——袁志杰右手接過雨傘，左手則是抬至胸前，拇指與食指第一個指節相交，另外三指收攏在掌心。那是宇宙通元的手印，袁志杰做得熟練，一點也不像那個連大部拆解也做得零零落落的天兵。

袁志杰又把傘放到廖進良的手中。

比起林威豪，袁志杰在這三十年來又變得更多。

當年要不是天兵說的話，廖進良也不會走到這一步。

廖進良曾試著聯絡，但始終找不到袁志杰。他只輾轉地從別人那知道，袁志杰在退伍後回到美國，成為一名畫家。然而當他的名字再度映入廖進良的眼裡，已經是以宇宙通元教主的身分出現在報紙。

「謝謝你當初對我說的話。」廖進良說。

「抱歉，我不記得了……」袁志杰說：「但是有幫到你真是太好了。」

袁志杰面露困惑，但他的雙眼仍直視著廖進良。原本廖進良在想，會不會是那群黑影影響了他，就和以前的自己一樣。然而，袁志杰的雙眸就如同三十年前般的清澈。

他那憤青似的炙熱靈魂，被信仰給澆熄。他的眼裡不再有著徬徨、不滿，取而代之的是找到歸屬的祥和。唯一不變的只有他那不在意他人，又或者說是眾生平等的目光。

他已經找到屬於自己的路，一條與廖進良截然不同的路。

或許多講什麼也是沒用吧，廖進良心想，便不再出聲。

「要來一根嗎？」

就在此時，林威豪遞來菸盒，從中推出一支香菸。

「我戒菸了。」廖進良搖頭。

林威豪聳了聳肩，只是自顧自地叼起菸，將它點著。

呼——林威豪輕吐一口氣，菸香冉冉上升。

「對了……你當時的女友還好嗎？」林威豪說。

「我老婆十年前過世了。」

「請節哀……」

袁志杰與林威豪相繼比出手印。

「不要緊。」廖進良說：「能撐這麼久，已經很幸運了。」

廖進良還記得醫師對著蕭怡萱說，肺癌患者的存活率很低，幾乎活不過五年。但不知道是不是阿堯冥冥之中的保佑，癌細胞在初期就被發現，幸運地被化療壓制。

也因為如此，廖進良才能和她用行動證明說服兩方的長輩。他們在阿堯的那條溪旁搭棚，找來隔壁村的總鋪師辦桌。那天陽光璀璨，照得戒指像圈光環，在眾人的掌聲中，廖進良將它套在蕭怡萱纖細的無名指上。他們宣示，並且真的一起走過接下來的二十年——

「是因為之前的水鬼作祟嗎？」林威豪突然開口。

「不是，祂過得很好。」廖進良說：「或許比我們都還要好。」

林威豪眨了眨眼，有些困惑。

直到林威豪與袁志杰有事離開，他們始終不懂廖進良的意思。

他不懂也是正常的，廖進良心想，要不是他聽過莊伯說過，也不會清楚。

傳說裡的水鬼因為常從漁夫那分到一些吃的喝的，總會幫忙趕魚。某天，水鬼告訴漁夫，明天將有一名婦人會因為被家人責罵而跳水自殺，自己將抓她交替。不料，漁夫聽聞趕緊前去那戶人家，要他們無論發生什麼事都不能罵人，這才免於了一場悲劇。
這事情一連發生了好幾次。
最後，水鬼跑去找漁夫，這次是真的要離開。原來，神明以為水鬼不忍傷人，有心向善，決定讓水鬼擔任當地的城隍，庇佑鄉里。
雖然城隍爺不一定有缺，但以阿堯的事蹟，應該也能混到一個土地公。廖進良於是籌錢在橋墩下建了一間小的土地廟，請了阿堯父親在上面題字。唯一不確定的是，廖進良不知道小學學歷是否能當官。
廖進良特地在祂那疊舊書裡放了幾本課本。
然而這三十年來，就只有課本上生著厚厚一層灰。阿堯每天還是躺在那張舊躺椅上，翻閱著那些翻到爛的雜誌，似乎沒有需要處理的事務。唯一的差異，大概就是他透明的手上有時會出現供奉在廟裡的零食。

想到這，廖進良不禁露出笑容。
回去還要幫他帶些雜誌呢。

後記

大家好，我是臺北地方異聞工作室的天野，非常感謝你們耐著性子看完這篇小說。而在本書的最後，也想要簡單和你們聊聊一些小說的發想。

說到這個寫作計畫的源起，大家提議是找一個臺灣妖怪，並以《說妖》的世界觀，創作一篇三到五萬字的小說。

看著大家列出的那些比較耳熟能詳的妖怪，我內心有些猶豫，畢竟自己不像其他人對妖怪有比較深入的研究。思考了許久，我選了臺灣人或多或少都聽過的水鬼。

有趣的是，儘管大家對水鬼耳熟能詳，但關於水鬼究竟長什麼樣子，卻不一定相同。在片岡巖的《臺灣風俗誌》提到，「水鬼就是人溺死的靈魂變成鬼留在水中，常誘引人溺水做代替。亦會變成鬼船。」而在林美容教授的《魔神仔的人類學想像》中，則提到水鬼瘦瘦小小、紅眼睛、手腳有蹼，還會使用幻術，是魔神仔的一類。除了這些以外，在金馬當過兵的人聽到水鬼，最先想到的反而會是中共的蛙人部隊。

戰地的水鬼出現在大大小小的傳說與鬼故事當中，像是金門的無頭部隊，就是被中共的水鬼割下了頭顱，死不瞑目，才會在營地裡持續地操練。就某方面來說，水鬼是除了砲擊外，中共對前線阿兵哥們最直接的威脅，所以才會被當作恐怖故事的主體。

除了這些服役過的阿兵哥外，有趣的是，過去的新聞確實也會以水鬼稱呼出沒在外島周遭的解放軍士兵，又或者是走私客。

所以在提筆前，腦中就出現了將外島與本島的水鬼寫進同一個故事裡的念頭。最初只是覺得這兩者有著同一個稱呼，卻有著截然不同的意象，應該能增添一些不同的風味。基於這個念頭，故事就被設定在解嚴前夕，並與《說妖》中的宇宙通元教主袁志杰做了連結。

但實際自己在寫作的同時，卻也發現抓交替的水鬼與共軍水鬼背後所代表的軍隊、戰時戒嚴體制有著幽微的關係。

在大部分的傳說裡，當某人成為水鬼時，除了再找一個倒楣鬼外，幾乎沒有其他辦法擺脫這悲慘的狀況。各方神佛不會超渡水鬼，最多只會將祂們趕出村莊外頭，不要繼續騷擾當地的居民。唯一的例外就只有像「水鬼城隍」故事中的水鬼，因為不照規矩抓交替（儘管我們都知道，祂是被漁夫朋友坑了），而能成功擺脫這樣的命運。

追根究柢，水鬼傳說象徵了一種傳統社會的禁忌，藉由對死亡的恐懼，要讓人留意水邊、避免溺死。那為什麼被抓交替的人也會成為水鬼呢？這點或許可以用佛洛伊德的《圖騰與禁忌》來理解。根據佛洛伊德的整理，傳統社會對於打破禁忌所降下的災厄，常具有傳染性。這是人們內心認定禁忌本身的行為是大家都想做的，破壞禁忌會誘使其他人模仿，進而破壞現有的秩序。所以禁忌本身需要對觸犯者進行報復、懲罰。就像伍恩特（Wundt）所形容的，禁忌是人類最古老的無形法律。

這樣的情況與軍隊、傳統社會，甚至是戒嚴時期的壓迫有些類似。一樣是為了維持既有體制的穩定，而對體制內的人施加過分的懲罰。恐懼與規矩在口耳相傳間，一屆傳著一屆；禁忌所建構出的不平等社會，也隨著一代傳過一代，就像水鬼不停地抓交替一樣。就算在八〇年代的臺灣，依舊沒有隨著現代化與經濟的起飛而改變，反而轉變成了另一種形態。反抗政府、阻擋工業發展成了新的禁忌，農民與承受工安風險的藍領階級無疑地成為了被拋棄的存在。

這是一個難過的事實。

也因為意識到這層關係後，這讓我在寫作的同時也對角色有了私心。原本有在想廖進良對林威豪動了殺機，是否該受到應有的制裁。想了想，最終還是想讓水鬼那悲劇的交替循環，能夠像是臺灣從軍事戒嚴走向民主化一樣，得到破解的方法。畢竟廖進良的人生也擅自被我投射了某種臺灣發展與環境運動的軌跡。

因為如此，小說最後才會以宇宙通元企圖影響土地變更的抗議現場，作為一個收尾。除了想點出袁志杰的身分好跟《說妖》做連結外，也想表現出臺灣也還沒完全走出這種交替。雖然政府的箝制稍微收斂，但那些勢力龐大的宗教團體、資產雄厚的大企業，仍然能夠為了自身利益，繼續理所當然地犧牲掉他人所珍視的事物。臺灣要走的路還有不少。

說完了比較偏核心想法的部分，接著想談一下小說中的奇幻、民俗元素的部分。就像一開始說的，不同人對於水鬼的想像其實並不相同。所以當初在想要凸顯水鬼恐怖感時，有點擅自地將亡靈與偏向魔神仔的妖怪形象結合在一起。而這點會與一般的傳說有點出入。

另外關於廖進良父親提到的，王爺驅趕水鬼的情形，是參考焦大衛（David K. Jordan）的《神・鬼・祖先：一個台灣鄉村的民間信仰》中發生的情節。除此之外，有一點想和各位提的是書中提到的莊伯。原本其實沒有莊伯這個角色，但在構想這篇小說的時候，正好聽到實驗室的學妹講述她祖父的故事。她的祖父很早就被王爺欽點作為乩身，但年輕人怎麼會想被束縛，一直逃避這個天命。直到她祖父某次生了場大病，在彌留之際向王爺發誓，如果他的病能好起來，就願意作王爺的乩身。果不其然，他的病好了，更神奇的是，原本不懂咒語、儀式的他竟突然地學會，並靠著這些替鄉里服務。也因為這有趣的機緣，在聽完這故事後，我就立刻向學妹徵詢同意，把她的祖父寫進了故事之中。

最後，再次感謝看完拙作，也請大家期待這系列後續的故事！

說妖

水鬼：橋墩下的紅眼睛

2021年1月初版　　定價：新臺幣250元

著者	天野翔
叢書主編	李時雍
校對	吳淑芳
內文排版	極翔企業
封面繪圖	愚星
封面設計	謝佳穎

出版者	聯經出版事業股份有限公司
地址	新北市汐止區大同路一段369號1樓
叢書編輯電話	(02)86925588轉5319
台北聯經書房	台北市新生南路三段94號
電話	(02)23620308
台中分公司	台中市北區崇德路一段198號
暨門市電話	(04)22312023
台中電子信箱	e-mail：linking2@ms42.hinet.net
郵政劃撥帳戶第0100559-3號	
郵撥電話	(02)23620308
印刷者	文聯彩色製版印刷有限公司
總經銷	聯合發行股份有限公司
發行所	新北市新店區寶橋路235巷6弄6號2樓
電話	(02)29178022

副總編輯	陳逸華
總編輯	涂豐恩
總經理	陳芝宇
社長	羅國俊
發行人	林載爵

行政院新聞局出版事業登記證局版臺業字第0130號

本書如有缺頁，破損，倒裝請寄回台北聯經書房更換。　ISBN 978-957-08-5683-5 (平裝)

電子信箱：linking@udngroup.com

國家圖書館出版品預行編目資料

水鬼：橋墩下的紅眼睛/天野翔著．初版．新北市．
聯經．2021年1月．192面．14.8×21公分（說妖）
ISBN 978-957-08-5683-5（平裝）

863.57　　　　　　　　　　　　109020675